Catalogage avant publication de Bibliothèque et Archives
nationales du Québec et Bibliothèque et Archives Canada

Rivard, Émilie, 1983-

Une mystérieuse amoureuse

(Biblio Romance; 4)
Pour les jeunes de 10 ans et plus.

ISBN 978-2-89595-459-0

I. Mika, 1981-   . II. Titre.

PS8635.I83M972 2009   jC843'.6   C2009-941826-6
PS9635.I83M972 2009

Auteure : Émilie Rivard
Illustration de la couverture et graphisme : Mika

Dépôt légal — Bibliothèque et Archives nationales du Québec,
3e trimestre 2009

ISBN 978-2-89595-459-0

Gouvernement du Québec — Programme de crédit d'impôt
pour l'édition de livres — Gestion SODEC

Boomerang éditeur jeunesse remercie la SODEC
pour l'aide accordée à son programme éditorial.

Nous reconnaissons l'aide financière
du gouvernement du Canada par
l'entremise du Programme d'aide au
développement de l'industrie de
l'édition (PADIÉ) pour nos activités d'édition.

ASSOCIATION NATIONALE DES ÉDITEURS DE LIVRES

Imprimé au Canada

ÉMILIE RIVARD

Une mystérieuse amoureuse

*À l'adorable Mathilde et à
François-Xavier le grand charmeur,
mes jumeaux chéris !*

Table des matières

Chapitre 1
S'envelopper de mystère

Le corridor est vide, mais divers sons me parviennent des portes ouvertes des classes. Cette école semble plus bruyante que mon ancienne, et ça me plaît bien. Je marche derrière la directrice, une grande dame aux cheveux très courts, vêtue d'un habit qui ressemble aux uniformes des agents de bord dans les avions. Chaque seconde, j'ai l'impression qu'elle se retournera pour me montrer avec ses deux bras les sorties d'urgence et les masques à oxygène sous les sièges. Je dois me retenir pour ne pas rire lorsqu'elle s'arrête et me dit : « Juste ici, à droite, c'est la salle de toilettes » en me la pointant de la main.

Puis, nous arrivons devant une porte sur laquelle est écrit « Classe de 6e de madame Viviane ». Ma nouvelle classe. Je devrais être contente, j'attendais de changer d'école depuis si longtemps ! Mais en ce moment, je suis surtout très nerveuse. Et si tous les mêmes problèmes recommençaient ? La directrice fait un signe à une femme, qui doit être madame Viviane. Celle-ci annonce au groupe qu'elle s'absente une seconde, puis nous rejoint. Ses souliers claquent au sol et son sourire s'élargit à chacun de ses pas. Une fois qu'elle sera devant nous, il aura la largeur d'une banane, selon mes prévisions. Elle a l'air bien gentille.

— Madame Viviane, je vous présente votre nouvelle élève : Laurence.

— Laurence, tu peux laisser ta veste sur le crochet du bout et entrer. On t'attendait.

Je hoche la tête au lieu de répondre. Maintenant que l'atterrissage est réussi, l'agente de bord me salue et retourne à son bureau. Je dépose mon manteau dans le vestiaire que m'a indiqué madame Viviane et j'entre timidement dans la classe. Je n'ai pas l'habitude d'être timide. Je suis à l'aise dans presque toutes les situations, mais aujourd'hui, je veux me faire la plus petite possible. Tout ce que je désire, c'est passer inaperçue ici. À mon ancienne école, c'était tout le contraire ! Mais c'est déjà bien fichu.

Dès que mon gros orteil se pose dans la pièce, une vingtaine de paires d'yeux me fixent. Certains semblent compter le nombre de rayures sur mon chandail, d'autres suivent le chemin de chacune des mèches bouclées de mes cheveux bruns. J'entends quelques chuchotements, mais je les ignore. Je m'assois à la seule place libre, au fond de la classe, et je vide le contenu de mon sac à dos dans mon pupitre. Madame Viviane tente de reprendre l'attention de tous :

— Je vous présente Laurence. Je compte sur vous pour bien l'accueillir dans la classe. Je vais poursuivre le cours maintenant. J'aimerais le silence. Merci ! Laurence, il y a un livre de mathématiques pour toi dans ton tiroir, nous sommes à la page 83.

J'ouvre le volume à la bonne page, puis j'essaie de me concentrer sur ce que madame Viviane explique. Ce n'est pas facile, puisque je sens encore plusieurs regards posés sur moi. J'ai l'habitude de ce genre de regards. Avant, ils ne me dérangeaient pas vraiment, mais maintenant, j'en ai assez ! Ils m'ont causé assez de problèmes comme ça.

Après quelques minutes, je constate que j'ai déjà vu la matière dont ma nouvelle enseignante parle. Malgré tout, je tente d'avoir l'air bien attentive à ce qu'elle dit. Je respire enfin un peu mieux. Mais c'est un répit de courte durée, puisque la cloche de la récréation sonne. Tous les élèves se lèvent d'un bond et se sauvent dans le corridor. Je les rejoins lentement en regardant par terre. Je sais que je devrais probablement aller vers les autres, mais ce ne sera pas facile. À l'école privée pour filles Philibert-Côté, j'avais des tonnes de copines. Puis, je me suis rendu compte que mes vraies amies étaient rares. Très rares… Est-ce que les choses seront autrement ici ?

Je suis les autres jusqu'à la cour de récréation. Deux filles s'approchent de moi. L'une est une rousse grande et mince avec un nez minuscule. L'autre est plus petite et plus rondelette, avec des cheveux blonds retenus en tresses. Elles ont l'air toutes les deux bien sympathiques.

— Salut, moi c'est Sabrina, commence la blonde.

— Et moi Marie-Noëlle, poursuit la rousse. Toi, c'est Laurence, c'est ça ?

— Oui, c'est ça.

— Tu viens de déménager ? demande Sabrina.

— Hum… Oui, je viens d'arriver dans le coin.

— Tu habitais où, avant ? enchaîne Marie-Noëlle.

— À l'autre bout de la ville. Ça aurait été trop compliqué de voyager jusqu'à mon ancienne école tous les jours.

Tout cela est faux, en fait. Je n'ai pas du tout déménagé, et mon ancienne école était plus loin de chez moi que celle-ci. Sabrina et Marie-Noëlle veulent seulement être gentilles, mais je me sens comme une accusée dans une salle d'interrogatoire. Comme dans un film d'espionnage. J'ai l'impression qu'elles attendent que je me trompe dans mes mensonges pour me passer les menottes aux poignets. Je sais, je sais, j'ai beaucoup trop d'imagination ! Mais c'est un côté de moi qui a toujours été encouragé par mon père, alors maintenant, il est trop tard pour penser autrement…

Et l'interrogatoire de Sabrina et Marie-Noëlle se poursuit :

— Fais-tu quelque chose après l'école ? Veux-tu venir chez moi ?

— Je peux pas, malheureusement. Mes parents sont vraiment sévères et les jours de semaine, je dois rentrer directement à la maison et faire mes devoirs.

Ça non plus, ce n'est pas tout à fait vrai... Mais il fallait bien que j'invente une excuse ! Et l'excuse des parents stricts, ça ne rate jamais !

— Mais peut-être une autre fois. Merci pour l'invitation, Sabrina !

— Oui, peut-être en fin de semaine !

Heureusement, je n'ai pas à trouver un nouveau prétexte. La cloche sonne et je me précipite à l'intérieur. En me rassoyant à ma place, je me demande si je réussirai à tenir tous ces mensonges jusqu'au mois de juin ; nous ne sommes qu'au début d'avril ! J'ai peut-être beaucoup d'imagination, mais quand même...

Chapitre 2
Le retour de papa

En quittant l'école, j'aperçois la voiture de maman. Je marche rapidement. Je ne veux pas que les élèves qui sortent en même temps que moi remarquent qu'il s'agit d'une marque de luxe et d'un modèle de l'année. Je monte à l'avant très, très vite et dis aussitôt :

— Vas-y, démarre ! Je t'avais demandé de m'attendre dans l'autre rue, maman !

— Franchement, Laurence, c'est ridicule ! Je dis pas, si j'étais au volant de la Batmobile, mais tu n'es sûrement pas la seule élève dont les parents conduisent une voiture neuve ! Et même si c'était le cas, est-ce que ce serait si grave ?

— Quand j'allais à Philibert-Côté, toutes les filles étaient plutôt riches. Mais ici, c'est pas comme ça. Et je veux pas avoir l'air snob. Surtout pas à mon premier jour !

— On n'est pas milliardaires non plus, Laurence. Exagère pas tout. Et depuis quand c'est une maladie d'avoir de l'argent ?

— J'ai peur que… ah, pis, laisse faire.

— J'aimerais bien qu'on reparle de ça un de ces quatre. Là, j'imagine que tu as ta journée dans le corps… Et tu sais que c'est aujourd'hui que Pat revient de tournée ?

J'avais complètement oublié que c'était aujourd'hui ! Je m'ennuyais tellement de mon père, parti en France depuis un mois ! Cette nouvelle me réjouit tant que ma fatigue et mes tracas ne me font maintenant ni chaud ni froid. Nous tournons le coin de notre rue. J'aperçois la voiture de papa devant le garage.

— Tiens, il nous a devancées ! dit ma mère.

Le moteur de l'auto n'est pas encore arrêté quand j'en descends. Je cours jusqu'à la porte, et une fois à l'intérieur, je crie :

— Papa !

Il a laissé ses bagages au beau milieu de l'entrée, aux pieds de la statue mi-homme nu, mi-éléphant faite par maman. J'entends alors des pas dévaler les escaliers.

— Laulau !

Il me serre dans ses bras et me fait valser. Ma mère entre derrière nous et soupire en voyant les valises encombrant le hall. Papa hausse les épaules, embrasse maman sur le front et nous entraîne dans le salon. Malgré son horaire chargé là-bas, entre les spectacles et les entrevues, il a pris le temps de nous rapporter quelques souvenirs. Parmi tous ces cadeaux, je suis particulièrement contente d'une robe bleue qui sera parfaite pour cet été ! Il y a aussi une boîte de nougats et les classiques sachets de sucre qu'il a recueillis à toutes sortes d'endroits, une petite blague entre lui et moi.

— Et puis, ça s'est bien passé ? interroge maman.

— Encore mieux que la dernière fois ! Mon nom commence vraiment à circuler en Europe. Les humoristes québécois sont assez populaires en général, ça m'aide beaucoup. D'ailleurs, mon agent et moi, nous nous demandons même si ce serait pas possible, prochainement, d'aller demeurer un an là-bas…

— Quoi ? Un an ? Mais papa, qu'est-ce qu'on ferait, nous ?

— Je vous emmènerais avec moi, franchement ! Qu'est-ce que tu crois, Laulau ? Un an à Paris, ce serait pas merveilleux, ça ? Mais c'est pas pour demain matin… Pour le moment, je me concentre sur l'écriture de mon nouveau show !

Wow ! Un an en France ! Ce serait tout simplement magique ! Puis, papa nous explique que les fans et les médias français sont beaucoup plus « collants » que ceux du Québec. Ils sont bien gentils, mais parfois, ça devient un peu lourd. Et les grosses vedettes n'ont pas la vie facile ! Elles sont suivies pas à pas, ou presque. Ça, ça veut dire que j'aurais encore plus de difficulté à me faire de vrais amis, des copains qui ne désirent pas venir chez moi juste pour voir mon père « célèbre », ou pour pouvoir se vanter à leurs cousins qu'ils connaissent la fille de l'humoriste Patrick Michaud. J'entendrais encore plus souvent la phrase : « Tu dois rire tout le temps, chez vous. »

Ah ! cette phrase ! Je la déteste ! Les gens n'ont pas l'air de comprendre que mon père ne fait pas des blagues vingt-quatre heures sur vingt-quatre. Quand il me demande de lui passer le beurre, il ne prend pas un accent comique et il ne fait pas de grimace. Encore moins quand il veut que j'aille me coucher! Un jour, à mon ancienne école, j'avais répondu à une fille : « Toi, ton père chirurgien, est-ce qu'il t'opère tous les jours ? » Je m'étais trouvée plutôt drôle, mais elle ne l'avait pas vraiment bien pris. Oups! Tout ça pour dire que la France, ça ne serait peut-être pas si magique que ça...

— Et puis, ma Laulau, ta première journée dans ta nouvelle école, c'était comment?

— Bof, ça a été. Une école, c'est une école, tu sais! C'est moins sévère qu'à Philibert-Côté. En plus, j'ai déjà appris tout ce qu'ils apprennent, ça va être facile.

— Les autres élèves ont l'air sympathiques? demande maman.

— Je crois que oui. J'ai parlé à deux filles un peu.

— Ça sera pas long que tu auras des tonnes d'amis, je te connais! déclare papa.

Je hausse les épaules sans rien ajouter.
Je ne veux pas leur dire que je n'ai pas l'intention de créer beaucoup de liens. Qu'est-ce que ça donnerait de me casser la tête à démêler les vraies amitiés des fausses, alors qu'il ne reste que quelques mois à l'année scolaire ? La situation sera peut-être différente l'an prochain, au secondaire. Mais mes parents ne voient pas les choses ainsi. Ils ne comprennent pas qu'aux yeux des autres, nous ne sommes pas une famille « normale ». En plus de papa qui est connu dans tout le Québec, maman remplit les galeries d'art (et la maison) de sculptures toutes plus étranges les unes que les autres. J'adore ma mère et encore plus mon père, mais parfois, j'aimerais qu'elle soit secrétaire et qu'il soit comptable !

Chapitre 3
Extraterrestre ou agente secrète?

Les jours suivants, à l'école, j'essaie de me fondre dans la masse. Mais je suis la petite nouvelle, que je le veuille ou non, et les élèves ne cessent pas de me fixer et de m'observer! Sabrina et Marie-Noëlle ont passé quelques récréations à tenter d'en savoir plus sur moi, mais je suis restée très vague. Elles ont fini par se tanner. Je les comprends, je me serais lassée assez vite moi aussi. Je regrette un peu d'être aussi froide avec elles, elles sont vraiment gentilles. Mais tant pis!

Pour la plupart des élèves, je dois paraître comme une fille timide, tout simplement. Ce que je ne suis pas, en fait. Il faut que je me retienne, sinon je parlerais avec tout le monde. Surtout avec Éric et Léo assis devant moi, deux vrais farceurs avec qui j'aimerais beaucoup faire des blagues. D'autant plus que je m'embête souvent durant la classe. Les travaux que nous demande madame Viviane sont beaucoup plus faciles que ce que je devais faire à mon ancienne école !

En sortant dans la cour pour la récréation, j'entends un petit groupe d'élèves chuchoter près de moi. Ils n'ont pas remarqué ma présence. Je me rends vite compte que je suis le sujet numéro un de leur conversation. Un gars qui, je crois, s'appelle Maxime, un des gars les plus cool de la classe, dit :

— Elle est louche, la nouvelle, vous trouvez pas ? Elle a l'air de cacher quelque chose. Personne est au courant d'où elle vient. Quelqu'un sait à quelle école elle allait avant ?

— Non, on lui a demandé, mais elle a changé de sujet, répond Sabrina.

— Peut-être qu'elle s'est fait expulser, reprend Maxime.

— Qu'est-ce qu'elle aurait bien pu faire ? questionne Marie-Noëlle.

— Elle s'est battue, propose un gars.

— Elle a vendu de la drogue ! ajoute un autre.

— Exagérez pas ! fait Sabrina.

— Moi je sais ! C'est une agente secrète, qui est venue défaire un grand complot de gommes à effacer...

Je tente de ne pas pouffer de rire devant les propos de ce gars, que je n'avais pas remarqué avant. Je me demande bien pourquoi d'ailleurs : il est loin d'être laid, avec ses cheveux bruns légèrement bouclés.

— C'est pas drôle, Louis-Alexandre ! fait Maxime.

Louis-Alexandre hausse les épaules en rigolant, puis il s'en va plus loin avec Léo, mon voisin d'en avant en classe. J'en ai moi aussi assez entendu comme ça. Je m'éloigne, toujours sans que le petit groupe me voie. Moi qui voulais passer inaperçue dans cette école, c'est bien réussi ! Maintenant, ils me prennent pour une vendeuse de drogue ! Je ne peux quand même pas laisser les choses aller ainsi... Qu'est-ce que je pourrais leur dire pour qu'ils passent à un autre appel ?

— Tu sais que les autres sont certains que tu es une vampire et que tu nous attaqueras chacun notre tour durant la nuit ? fait une voix derrière moi.

Je me retourne et tombe nez à nez avec Louis-Alexandre. Léo, lui, a disparu. Cette fois-ci, je me permets de rire. Ses grands yeux bleus me fixent un moment et je me mords doucement la lèvre d'en bas pour retenir toutes les blagues qui me passent par la tête. « Ce sont mes canines qui m'ont trahie ? Je les ai pourtant limées ce matin... » ou encore « C'est toi qui as caché de l'ail dans mon tiroir ! » Il poursuit :

— Alors, c'est quoi, la vérité ?

Cette fois-ci, je ne peux quand même pas rester sans rien dire, il me prendra pour une vraie imbécile !

— Je te laisse le choix.

— Oh ! c'est comme un quiz !

— Si on veut. A) J'ai eu une maladie très contagieuse et très grave et j'ai dû rester enfermée chez moi durant des années et un prof privé m'enseignait. B) Je vivais en fait au... Mexique avec mon père japonais et ma mère italienne. C) Je suis en vérité une girafe métamorphosée en humaine par un savant fou. D) Je viens de Mars et je fais une étude scientifique sur les Terriens. E) A et D réunis.

— Qu'est-ce que je gagne, si je trouve la bonne réponse ?

— Un tour dans ma navette spatiale. Oups ! je t'ai donné un indice...

Il éclate de rire. Je me sens redevenir moi-même. Est-ce que j'en ai trop dit ? Pourquoi ferais-je plus confiance à Louis-Alexandre qu'aux autres ? Pour son beau sourire ? J'ajoute alors d'un ton sérieux :

— Pourquoi est-ce que je pourrais pas être une fille tout à fait normale avec une vie normale et des parents normaux qui vient de déménager dans le coin ?

— Écoute, Laurence. Dans notre groupe, on se connaît presque tous depuis qu'on est en maternelle. À part la classe verte et quelques journées où on a une suppléante, il se passe jamais rien. Tout le monde voudrait que tu caches un gros secret ; ça ferait de l'action !

— J'ai pas le goût de créer de l'action.

— Tant que tu répondras aux questions à moitié, tu vas être mystérieuse...

Je soupire bruyamment. Louis-Alexandre a raison. En plus, ce serait tellement plus simple de sortir de cette fausse coquille que je me suis construite ! La vraie Laurence a envie de prendre l'air ! Mais je sais bien que si je commence à dévoiler la vérité, je devrai dire à quelle école j'allais et expliquer pourquoi je suis partie. Je ne pourrai pas simplement avouer que j'ai eu des problèmes avec plusieurs élèves hypocrites, sans ajouter que mon père est Patrick Michaud, l'humoriste connu dans tout le Québec et même à travers une partie de la francophonie maintenant !

La cloche sonne, ce qui m'évite d'avoir à en révéler plus à Louis-Alexandre. Mais de retour en classe, les choses ne s'améliorent pas. En effet, dès que nous sommes tous assis, madame Viviane nous explique notre prochain devoir.

— Dès mardi, chacun de vous devra présenter le métier de l'un de ses parents.

Non, mais, elle le fait exprès !

Chapitre 4
Sous la coquille de l'œuf

Toute la fin de semaine, je tourne et retourne le sujet de l'oral dans ma tête. Le métier de l'un de nos parents ! Quelque chose me dit que madame Viviane sait qui est mon père et qu'elle croit que je pourrai profiter de l'occasion pour m'en vanter devant toute la classe. Elle me connaît très mal ! Je commence à être de plus en plus habile avec les mensonges. Et si papa devenait... plombier pendant quelques minutes ? Ou, pourquoi pas, vétérinaire ? C'est chouette ça, vétérinaire. Ce n'est ni ridicule, ni particulièrement remarquable. Je verrais assez bien mon papa vêtu d'un sarrau, soignant un petit chien à la patte cassée. Mais j'y pense, on doit apporter des objets représentant le métier dont on parle. Je n'ai rien qui appartient à un vétérinaire ici ! Eh bien, comme on vient de déménager, je pourrais toujours dire que ce que j'aurais pu présenter se trouve encore dans les boîtes ! Je pousse peut-être un peu loin le mensonge là...

Maman monte de son atelier dans le sous-sol et elle me surprend, assise dans le salon, la feuille portant sur le devoir entre les mains.

— Ça va, ma chérie ?

— Pourquoi ça n'irait pas ?

— Tu vas parler du métier de ton père ?

— Non.

— Du mien, alors ?

Est-ce que j'ai le choix, maintenant ? Surtout qu'elle me fixe, le regard tout brillant, plein d'espoir. Je ne sais pas si c'est seulement le cas de mes parents, mais ils ont toujours besoin de s'assurer que moi aussi, je suis fière d'eux parfois.

— Oui, je vais présenter ton métier.

— Tu peux apporter quelques sculptures, si tu veux. Je viens justement d'en terminer une pas trop grosse et assez légère. Ça représente l'œuf de la vie et le tourbillon du monde. Si tu préfères, tu peux aussi montrer celle que j'ai créée en hommage à Claude Gauvreau, tu te souviens, le poète dont je t'avais parlé ?

— Le poète fou qui a inventé une langue bizarre ? Non merci… Je pourrais apporter des photos de ton exposition sur le zoo.

— Ce sont des vieilleries ça ! Je les ai sculptées il y a plus de dix ans !

De peur de lui faire de la peine, je n'ose pas ajouter que ces sculptures restent, pour moi, les plus jolies. Je prendrai donc l'œuf et le tourbillon, en espérant qu'un autre élève ait un parent au métier encore plus étrange pour faire oublier les bizarreries de ma mère !

***

J'ai beau tenter de repousser le jour des exposés, je n'y peux rien, le temps continue d'avancer. Mardi matin, le moment fatidique arrive. J'ai posé la sculpture de maman sur mon bureau, en prenant bien soin de la laisser dans son grand sac de tissu. Il ne serait peut-être pas trop tard pour changer mon exposé. Oh ! je sais ! Je n'ai qu'à dire que ma mère travaille dans un musée, qu'elle est… comment on appelle ça déjà ? Ce n'est pas très convaincant si je ne me souviens plus du nom. Ah oui ! Elle pourrait être guide. Guide dans un musée. Et elle m'a prêté cette sculpture, si affreuse que le musée était enchanté de s'en débarrasser un instant, espérant probablement que je la perde. Tout à coup, mon estomac se serre. Je me sens bien coupable. Coupable de ne pas écouter l'exposé de Léo, qui parle de son père dentiste, mais surtout coupable de penser cela des œuvres de ma mère. C'est décidé. Dès que Léo retournera à sa place, je prendrai mon courage à deux mains et j'irai présenter le vrai métier de ma maman que j'aime tant.

Léo finit son exposé beaucoup trop vite à mon goût. Je me lève tout de même d'un bond et je me place en avant de la classe, la statue entre les mains. Je la retire du sac, puis je la pose sur le bureau de madame Viviane.

— Je vais vous parler de ma mère, Julie Tardif, qui est sculpteure. Je vous ai apporté une de ses œuvres, qui s'appelle Tourbillon unanime. Celle-ci est faite en bois, mais ma mère travaille aussi l'argile et le bronze.

Une fois que je suis lancée, les mots coulent sans difficulté. Mais cela ne m'empêche pas de remarquer les regards des autres, avec leurs sourcils froncés. Ça y est, ils me prennent encore plus pour une extraterrestre ! Lorsque je me rassois, Maxime lève sa main. Madame Viviane lui donne la parole et il demande alors :

— Mais… sculpteure, c'est pas un vrai métier, ça, non ? Elle doit faire autre chose comme travail !

Je n'ose pas lui répondre. Heureusement, madame Viviane lui dit :

— Plusieurs artistes gagnent leur vie avec leurs œuvres, vous savez ! Ce n'est peut-être pas un emploi très habituel, mais c'est quand même possible.

Maxime ajoute :

— Même avec des trucs en forme d'œuf ?

Tout le monde éclate de rire. De mon côté, j'hésite entre me cacher sous mon bureau et aller assommer Maxime avec le Tourbillon unanime. Je lui en ferais bien voir, moi, quelques tourbillons ! Mais il ne mérite pas que je brise l'étrange œuf de maman sur lui. Surtout qu'elle serait sûrement fâchée que je lui rapporte une omelette…

Juste avant la récréation, ce même petit boss des bécosses de Maxime nous parle du métier de son père. Il est boucher. Je me serais attendue à quelque chose de plus grandiose, pour qu'il se permette de rire du boulot des autres! Il nous montre des photos de carcasses de bœuf et de porc qui lèvent le cœur de toute la classe. Lui, il semble très satisfait de son effet. Quand la cloche sonne, les élèves ne parlent plus que de ces images de morceaux de viande. Merci, Maxime, maintenant, tout le monde a oublié ma sculpture et ta blague stupide!

Louis-Alexandre vient me rejoindre près des balançoires. Il s'est probablement rendu compte que la remarque de Maxime m'avait blessée, puisqu'il me dit:

— Tu sais pourquoi j'ai choisi ma mère bibliothécaire comme sujet d'exposé?

— Non...

— Parce que mon père est coiffeur. Crois-moi, j'en ai entendu, des mauvaises *jokes* à ce sujet-là!

Je lui souris, compatissante. C'est vrai que ce ne doit pas être facile tous les jours...

Nous regardons soudain tous les deux par terre, gênés. Si je ne me retenais pas, je lui prendrais la main, puis je partirais avec lui à l'autre bout du monde, là où les coiffeurs et les sculpteures sont de véritables dieux ! Mais alors, il ajoute la question qui gâche tout.

— Et toi, ton père, qu'est-ce qu'il fait ?

— Qu'est-ce que ça change !

Mon ton était si brusque que Louis-Alexandre tourne immédiatement les talons, l'air offusqué. Bravo, Laurence !

Chapitre 5
Une solution miracle ?

Ma mère vient me chercher comme à l'habitude, à une rue de l'école. Durant le trajet qui nous mène à la maison, je n'ouvre pas la bouche, malgré les efforts de maman pour faire la conversation.

— Alors, cet exposé, ça a été ?

— Hum hum.

— Tant mieux ! Tu sais que ton père était jaloux que tu parles de moi et non de lui ?

Je me contente de hausser les épaules. Je ne songe qu'à Louis-Alexandre. J'ai été la pire des imbéciles. C'est la seule personne dans toute l'école qui se force pour être gentille avec moi. En plus, bonus non négligeable, il est vraiment, mais vraiment mignon. Et moi, qu'est-ce que je trouve à faire ? Être bête comme mes deux pieds avec lui. D'où est-ce que ça vient, d'ailleurs, cette expression « être bête comme ses deux pieds » ? Je crois que même mes pieds ne sont pas aussi bêtes que moi !

Arrivée à la maison, je me dirige aussitôt vers ma chambre. Quand je passe devant le bureau de papa, celui-ci m'intercepte.

— Ça va, Laulau ?

— Oui oui, lui dis-je en mentant légèrement...

— Je te connais mieux que ça, ma jolie. Tu as une bouille épouvantable.

— On en reparlera, d'accord ? Là, tu travailles, je veux pas te déranger.

— Tu me déranges jamais. D'ailleurs, je suis aussi inspiré qu'un rideau de douche, en ce moment.

Il n'y a que mon père qui puisse me faire pouffer de rire dans ce genre de situation.

— C'est ta nouvelle école, c'est ça ? On peut toujours trouver une autre solution, si ça ne va pas.

— Comme quoi ?

— On peut engager un prof privé pour finir l'année. Comme ça, tu aurais du temps pour me donner un coup de main avec l'écriture de mon show... Tu sais comme tu m'inspires, ma Laulau !

Je n'en crois pas mes oreilles. Pincez-moi, quelqu'un ! Mon père a toujours été très cool, mais là, c'est le comble ! Je lui saute au cou au moment où maman entre dans la pièce. Elle a tout entendu d'en bas, apparemment, puisqu'elle dit :

— Pat, tu penses pas qu'on pourrait discuter de ce genre de choses avant de donner de faux espoirs à ta fille ?

Il me semblait bien, aussi, que ça ne pouvait pas être aussi simple ! Comme je sens que le ton s'apprête à monter, je me sauve dans ma chambre. C'est souvent ainsi, entre eux. Je sais bien qu'ils s'aiment, mais lorsqu'ils passent toute la journée dans la même maison, ils finissent toujours par se disputer pour mille et une raisons !

— Franchement, Julie, notre fille est malheureuse. On va quand même pas la laisser comme ça !

— Elle vient de commencer ! Les choses vont se placer ! Tu la gâtes beaucoup trop.

— Ça serait une belle expérience pour elle de travailler avec moi !

— Elle a douze ans, Patrick ! La meilleure expérience qu'elle puisse avoir, c'est d'aller à l'école avec les autres jeunes de son âge.

Et ça continue comme ça durant de longues minutes. Je sais bien que papa ne gagnera pas, il n'a jamais le dessus dans ce genre de situation. C'est vraiment injuste.

J'essaie de faire mes devoirs, mais j'en suis incapable. Au début, c'est à cause de la chicane de mes parents, qui serre mon cœur. Mais par la suite, je ne pense qu'à Louis-Alexandre. Comment est-ce que je pourrais me faire pardonner ? Tout aurait été tellement plus simple si je n'avais pas eu à retourner à l'école ! D'un autre côté, un certain garçon aux beaux yeux bleus m'aurait manqué...

❋

Le lendemain, en entrant dans la cour d'école, je cherche Louis-Alexandre du regard. Je veux absolument m'excuser. Je profite du moment où il va récupérer le ballon qui bondit à l'autre bout du terrain pour le rejoindre et lui glisser un mot.

— Louis-Alexandre ?

— Quoi ?

Son ton est plutôt dur, mais je le comprends.

— Je m'excuse pour hier.

— Pourquoi ? Hier, tu as été exactement comme d'habitude !

Ça y est, je ne sais plus quoi dire. Le pire, c'est qu'il a tout à fait raison. La veille, j'ai été aussi froide, mystérieuse et bête que depuis que je suis arrivée dans cette école. Et voilà que maintenant, il ne fera plus d'effort pour tenter d'être sympathique. Il fera comme tous les autres, il m'ignorera, sauf quand il est temps d'inventer de nouvelles rumeurs à mon sujet ou de me traiter de petite bollée. Le personnage que je me suis créé me ressemble si peu ! J'ai peur de vraiment devenir cette fille snob que je déteste de plus en plus. Est-ce qu'il serait trop tard pour changer d'attitude ?

En songeant à tout ça, je me place en file. Devant moi, j'entends Marie-Noëlle dire à Maxime :

— Y en a qui pensent que son père est en prison.

J'éclate de rire, les deux se retournent. Marie-Noëlle devient rouge comme une écrevisse. Elle n'avait pas du tout remarqué ma présence avant ! Pour la mettre un peu plus à l'aise, j'ajoute :

— Ce n'est pas tout à fait vrai. Mon père a failli aller en prison. Il s'est fait prendre à voler les sculptures de ma mère dans une galerie d'art, en espérant que leur valeur monterait. Évidemment, ça n'a pas fonctionné. En fait, la galerie était si contente de s'en débarrasser qu'elle n'a pas porté plainte. Elle a même payé papa pour qu'il garde les œuvres.

À cette seconde, Maxime et Marie-Noëlle ne savent pas trop comment réagir. Ils me regardent avec la bouche entrouverte. Puis, Maxime se rend compte que je blaguais et que je ne suis pas du tout fâchée, alors il me sourit. Il semble bien impressionné et surpris de voir que je peux aussi facilement me moquer de moi-même !

En classe, j'adopte cette nouvelle stratégie. Chaque fois que j'en ai l'occasion, je « fais le clown », comme dit mon père. Même madame Vivianne ne peut s'empêcher de rire lorsqu'elle demande :

— Après le souper, Monique n'a plus faim et elle fait tirer sa part de gâteau entre ses trois enfants. Mais les chances ne sont pas égales : Julien a quatre chances sur dix de gagner, Gabriel a deux chances sur dix et Valérie deux chances sur cinq. Qui a le plus de chances de perdre ?

Et je réponds :

— Ben... le gâteau !

Les jours suivants, les autres élèves ne me parlent pas beaucoup plus (Louis-Alexandre non plus), mais au moins, je ne sens plus les regards méprisants ni la présence en moi de cette snob détestable.

Chapitre 6
La classe verte

Les semaines défilent, et même si je n'ai pas de très grands amis à l'école, j'ai quand même beaucoup de plaisir avec certaines personnes, particulièrement Marie-Noëlle, Sabrina, Léo et Louis-Alexandre… (Oui, il a recommencé à me parler.) Je ne les vois pas à l'extérieur de l'école, mais je passe mes récréations avec les deux gars ou avec les deux filles. Je suis encore la cible de Maxime, qui aime toujours lancer de fausses rumeurs à mon sujet, mais je crois que c'est surtout pour entendre l'histoire ridicule que je lui raconterai pour lui répondre. C'est rendu comme un jeu entre nous.

Même si tout va beaucoup mieux avec ma classe, je suis vraiment nerveuse alors qu'approche la date de la super classe verte des élèves de sixième année. Nous passerons trois jours au bord du lac Jaune, où nous pourrons faire du canot, de l'hébertisme, du tir à l'arc et des millions d'autres activités. Il paraît que les chalets dans lesquels nous dormirons sont énormes et super luxueux! Génial, non? Oui, pourtant... c'est une chose de garder mes secrets à l'école, mais cela risque d'être beaucoup plus compliqué durant soixante-douze heures de suite... Plus le temps passe, moins j'ai hâte de faire cette sortie, même si tous les autres ne parlent que de ça.

Au matin du grand jour, je ne me sens pas tout à fait bien. J'ai mal au cœur et à la tête. J'aimerais faire croire à mes parents que je suis vraiment malade, mais ça ne fonctionne pas comme je l'aurais voulu. En fait, papa mord à l'hameçon et me dit:

— Tu peux rester ici aujourd'hui et j'irai te reconduire plus tard!

Pour ruiner les efforts de plusieurs semaines en quelques minutes? Non merci! Je me contente de lui sourire et d'avaler ma rôtie avec peine. Puis je quitte la maison avec maman et tout mon bagage, devant le regard découragé de papa.

— Tu pars deux nuits, Laulau, pas trois mois! Ah, les femmes!

En arrivant à l'école, je m'aperçois que je n'ai pas tant exagéré pour ce qui est des bagages. Certaines filles transportent avec difficulté des valises assez grosses pour remplir à elles seules la soute à bagages du plus gros des avions de ligne ! Les gars, pour leur part, se contentent d'un tout petit sac à dos. Pourtant, pour les gars comme pour les filles, l'excitation est la même. Les enseignants et parents accompagnateurs essaient de nous parler, mais il n'y a rien à faire. Ils ont aussi du mal à nous compter alors que nous montons en vitesse dans l'autobus. Je m'assois au fond d'un banc vide et je fais signe à Marie-Noëlle de me rejoindre, mais avant qu'elle arrive à moi, quelqu'un d'autre s'installe à mes côtés : Louis-Alexandre ! Il est particulièrement beau ce matin avec ses yeux brillants, son grand sourire et sa veste rouge qui lui va si bien.

— Ça te dérange pas que je m'assoie avec toi ?

— Bien sûr que non !

Le regard qu'il me lance alors est si profond que d'énormes papillons se mettent à voler dans tous les sens au milieu de mon estomac. J'aurais tant aimé être seule avec lui à cet instant, mais c'est impossible d'oublier tous les autres, qui chantent à tue-tête. Même si ses yeux disaient déjà tout, Louis-Alexandre pose sa main sur la mienne une fraction de seconde. Nous restons sans voix tous les deux durant quelques minutes. Heureusement, personne ne s'en aperçoit. Ils sont trop occupés à faire les fous! Puis Léo, assis dans le banc devant nous, se retourne.

— Hé! vous chantez pas?

— Hum... Je la connais pas, répond Louis-Alexandre d'un ton peu convaincant.

— Et celle-là, vous la connaissez? dis-je, en entonnant une chanson à répondre.

Malheureusement, je ne sais que le premier couplet, mais je décide d'inventer une suite, au grand plaisir des élèves autour, qui essaient de me suivre entre leurs fous rires. Quand je n'ai plus d'idée, Léo prend le relais, avec autant sinon plus d'humour que moi. Lorsque nous terminons notre improvisation, les applaudissements pleuvent et même les adultes scandent nos noms, à

Léo et à moi. Les autres ne nous laissent pas le choix : nous animons tout le reste du voyage, qui passe ainsi très, très vite.

L'autobus pénètre dans un petit sentier boisé. Les fenêtres sont fermées, mais ça sent tout de même l'épinette et l'humidité. Puis, apparaissent quelques bâtiments en bois rond. Le site est vraiment magnifique ! Nous nous arrêtons devant un immense chalet, celui des filles. Nous sortons tous nos bagages, puis les gars s'en vont s'installer dans leur dortoir. Juste avant de tourner les talons, Louis-Alexandre me fait un clin d'œil qui me fait chaud au cœur. Je suis sur mon petit nuage en m'approchant du chalet et j'ai du mal à écouter les monitrices, Mélodie et Jade, qui se présentent. Puis, mon beau nuage noircit d'un coup, quand Mélodie explique :

— En entrant dans le chalet, nous allons monter directement à l'étage, parce qu'un autre groupe occupe l'étage d'en bas. C'est un groupe d'une autre école, avec qui nous allons sûrement faire quelques activités. C'est d'ailleurs une école pas très loin de la vôtre : Philibert-Côté.

J'ai l'impression que le sol s'effondre sous mes pieds. L'école Philibert-Côté ? Mon ancienne école ? Je vais passer trois jours avec toutes ces filles que je ne voulais plus croiser de toute ma vie ? Quelle horreur ! Mon passé me rattrape… Sabrina se rend compte de mon malaise, puisqu'elle me chuchote :

— Ça va ?

Je fais un signe affirmatif de la tête et j'essaie de lui sourire. Lorsque nous entrons, je me faufile au milieu du groupe pour passer inaperçue. Je regarde droit devant, mais j'entends quand même trop de voix connues à mon goût, celle de Lisa entre autres, mon « ancienne meilleure amie » à qui je n'ai pas parlé depuis un peu plus d'un mois. Je monte l'escalier en silence. Dans l'autobus, je commençais à croire non seulement que tout irait bien durant ces trois jours, mais même que j'aurais énormément de plaisir. Je suis maintenant convaincue du contraire…

Chapitre 7
L'aveu...

En plaçant mon sac de couchage sur un des lits, je n'ai qu'une envie, me coucher tout au fond et n'en sortir qu'après-demain. Sabrina revient près de moi et me dit :

— Tu es certaine que ça va ? Tu es toute bizarre depuis tantôt...

Je peux lui avouer la vérité. De toute façon, elle l'apprendra bien assez tôt !

— Les filles, en bas, elles sont de mon ancienne école.

— T'es pas contente de revoir tes anciennes amies ?

— Quand je suis partie, j'avais plus beaucoup d'amies à Philibert-Côté.

— Je comprends pas, tu es tellement drôle !

— C'était un peu compliqué...

Sabrina n'a pas le temps d'insister, Jade nous appelle toutes pour que nous allions rejoindre les garçons au terrain de tir à l'arc.

Heureusement, au moment où nous redes-cendons, les filles de Philibert-Côté sont sorties.

Une fois à l'aire de tir à l'arc, nous nous séparons tous par classe. Je suis bien contente que nous soyons divisés ainsi, et pas les gars d'un côté et les filles de l'autre, ou de toute autre manière qui m'aurait tenue loin de Louis-Alexandre… D'ailleurs, celui-ci me rejoint rapidement. Cette fois, le regard que nous échangeons ne passe pas inaperçu. Léo lance assez fort pour que la moitié de la classe entende :

— On dirait que Cupidon a commencé à tirer des flèches, lui !

Louis-Alexandre et moi rougissons d'un seul coup. Les adultes font des « ah ! » et des « c'est si mignon ! » qui me gênent encore plus. Heureusement que l'autre classe est déjà partie à la piste d'hébertisme. J'aurais bien fondu sur place si vingt-cinq autres paires d'yeux nous avaient aussi fixés ainsi !

Le tir à l'arc, et un peu Louis-Alexandre aussi, me fait oublier la présence de mes anciennes amies un peu plus loin sur le même terrain. Je suis plutôt mauvaise, mes flèches volent dans tous les sens, mais nous rions beaucoup. Mon ami, ou plutôt mon très grand ami, je dirais même mon amoureux, essaie de m'aider, mais en fait, il n'est pas meilleur que moi! Le plus impressionnant est Maxime, qui parvient à envoyer son projectile au milieu de la cible tout en faisant des blagues du genre:

— Attention, Louis-Alex, il paraît que Laurence a enterré ses anciens chums dans son jardin…

— C'est pas vrai! C'est dans mon congélateur!

Louis ajoute à ma riposte:

— Si elle veut me tuer avec une flèche, j'ai absolument rien à craindre!

Comme pour se faire pardonner sa réplique, il pose sa main sur mon épaule. Un long frisson me parcourt. Le temps s'arrête. Nous ne bougeons qu'au moment où Jade crie:

— Commencez-vous à avoir faim?

À quoi nous répondons tous oui en chœur. Je réalise alors que ma petite rôtie de ce matin est disparue de mon estomac depuis longtemps. D'ailleurs, il s'est passé tant de choses en un seul avant-midi que j'ai l'impression que mon déjeuner remonte à deux jours !

Nous rangeons les arcs et les flèches, puis nous nous rendons en chantant jusqu'au bâtiment où se trouve la cafétéria. En mettant le pied à l'intérieur, je tombe nez à nez avec Lisa, mon ancienne meilleure amie. Nous nous figeons d'abord toutes les deux. Elle retrouve la parole la première :

— Laurence, qu'est-ce que tu fais ici ?

— La même chose que toi…

Sabrina s'est approchée, flairant la chicane qui ne saurait tarder. Louis-Alexandre est déjà dans la file pour le dîner avec les autres. Lisa lance un regard hautain à Sabrina. Je n'avais jamais remarqué avant à quel point elle peut être snob ! Elle dit :

— Tu t'es trouvé de nouveaux petits amis avec qui être hypocrite ?

Puis elle s'adresse à Sabrina :

— Laurence a l'air bien fine, comme ça, mais fais attention, un jour elle voudra plus rien savoir de toi !

Sabrina hausse les épaules sans rien dire. Lisa ouvre de nouveau la bouche pour ajouter quelque chose, des paroles encore plus méchantes probablement, mais elle est arrêtée par madame Ginette, mon ancienne enseignante.

— Laurence ! Quel hasard ! Comment ça va ?

— Très bien, merci.

— Allez, Lisa, va te chercher à dîner, les autres sont toutes déjà en train de manger.

Madame Ginette poursuit son chemin et s'assoit à une table avec les autres enseignants de Philibert-Côté. Nous rejoignons la file et nous attrapons chacune un plateau et des ustensiles. C'est à ce moment que Louis-Alexandre apparaît de nulle part et m'enlève le plateau des mains.

— Laissez-moi porter votre repas, jolie demoiselle !

— Wow, mon Louis, je te savais pas si romantique ! s'exclame Sabrina.

Je m'attends au pire en voyant Lisa se retourner.

— Oh ! parce que tu t'es même fait un amoureux, Laurence ? Comment tu l'as charmé, celui-là ? Grâce à ton cher papa, j'imagine !

— Ramasse ton pâté chinois, Lisa, et va rejoindre tes petites copines. Vous pourrez parler dans mon dos tant que vous voudrez, je m'en fous complètement, d'accord ?

Je n'ai aucune envie qu'elle continue plus longtemps à dire de telles sottises, surtout pas devant Louis-Alexandre ! Heureusement, il ne semble pas en faire tout un plat. Il porte mon plateau jusqu'à une table où sont installés Léo, Marie-Noëlle et Éric. Le plateau de Louis-Alex est là et ils ont gardé des places pour Sabrina et moi. Lorsque je m'assois, un silence se crée. Tout le monde a l'air d'attendre des explications. Je crois bien que cette fois-ci, je n'aurai pas le choix... Mes mains deviennent moites d'un coup et mon appétit disparaît. Avant qu'un de mes amis pose une question, je me lance.

— La gang de filles là-bas, elles sont de mon ancienne école.

— Elles t'aiment pas beaucoup, on dirait..., fait Léo.

— En effet, elles m'aiment pas beaucoup. C'est pour ça que je suis partie. Mais c'est elles qui m'ont joué dans le dos ! Elles ont fait semblant d'être mes copines juste pour…

Je m'arrête. Je sais que ce que je m'apprête à dire risque de changer bien des choses et je n'en ai aucune envie. Pourtant, il est trop tard. Et de toute façon, si ce n'est pas moi qui leur en parle, ce sera Lisa ou une autre fille de sa petite bande.

— Dans le fond, tout ce qu'elles voulaient, c'était rencontrer mon père et pouvoir dire qu'elles le connaissaient. Elles se foutaient bien de moi.

— Ton père ? C'est qui ? demande Éric.

J'aurais pu dire : « J'espère que son nom vous dira rien… » Mais je n'ai pas beaucoup d'espoir. Les autres me regardent alors avec des yeux insistants.

— Patrick Michaud.

Voilà, le secret est découvert…

Chapitre 8
Un si merveilleux amoureux

— Patrick Michaud, LE Patrick Michaud ? L'humoriste ? fait Maire-Noëlle en écarquillant les yeux.

Je fais signe que oui d'un air timide. Louis-Alexandre pose la question qui trotte justement dans ma tête au même moment :

— C'était ça le gros mystère qui entourait Laurence Michaud ! Pourquoi tu nous as rien dit avant ?

Pourquoi au juste ? Est-ce que c'était si important de leur cacher tout ça ? Puis je lance un regard vers les tables où sont assises les filles de Philibert-Côté, et la réponse vient facilement.

— Parce que j'en avais assez d'être la fille de Patrick Michaud. Je voulais être Laurence, tout simplement.

— En tout cas, ça explique pourquoi tu es si drôle... pour une fille ! s'exclame Léo, ce qui nous fait tous éclater de rire.

Je me sens libérée d'un énorme poids.

Maintenant, je n'espère qu'une chose : que tout ceci ne change rien à l'amitié géniale qui se crée entre Marie-Noëlle, Sabrina, Léo, le fantastique Louis-Alexandre et moi.

Jade s'approche et nous dit :

— Vite, les lambineux, finissez de manger, on s'en va faire de l'escalade !

Mes amis et moi avalons notre pâté chinois en quatrième vitesse, puis nous suivons notre groupe jusqu'à un immense mur d'escalade. Là, une mauvaise surprise m'attend. La moitié des élèves de Philibert-Côté participent à cette activité avec nous. Je ne comprends pas pourquoi ils ne nous ont tout simplement pas jumelés avec l'autre classe de mon école ! Je pose la question discrètement à Mélodie, qui me répond :

— Elles sont moins nombreuses, c'était plus simple comme ça. Mais c'est cool, ça va vous permettre de vous faire de nouvelles amies !

De nouvelles amies ? Fais-moi rire ! Pendant que Jade et un autre moniteur donnent les consignes de sécurité, j'entends Lisa et sa petite bande chuchoter derrière moi. Louis-Alexandre se rend compte de mon air sombre. Il me dit à l'oreille :

— Oublie-les. On s'en fout, de ces filles ! Ici, c'est toi la reine !

Seul un commentaire aussi romantique pouvait faire apparaître sur mon visage un si large sourire. Je n'aurais qu'une envie à cette seconde même, c'est de l'embrasser. Un long long baiser, comme dans les films. En levant une jambe en arrière. Mais… ce n'est pas le moment. Avec un grand effort de concentration, je ramène mon attention vers les moniteurs. Jade explique :

— Ces deux circuits-là sont identiques, ce qui nous permettra de faire une course. On va vous diviser en deux équipes, en mélangeant les deux écoles. L'équipe gagnante remportera des guimauves supplémentaires au feu de camp de ce soir ! Dernier détail : comme il a plu très tôt ce matin, il y a encore quelques flaques de boue. Essuyez bien vos pieds avant de grimper pour ne pas glisser.

Les groupes sont séparés, puis nous nous mettons en deux files indiennes devant les murs d'escalade. Je me retrouve juste derrière Lisa. Au début, je suis mécontente qu'elle soit dans la même équipe que moi, mais finalement, c'est peut-être une bonne chose. Je me suis assez battue comme ça contre cette chipie dans le passé. Peut-être qu'en étant du même côté que moi, elle ne tentera pas de détruire ma réputation, comme elle l'a fait auparavant !

Les premiers membres de notre équipe sont vraiment très rapides. Nous gagnons haut la main les premières courses. Je chante des chansons d'encouragement avec Léo, qui est juste derrière moi. À tout moment, Lisa se retourne pour me lancer un regard méprisant et j'essaie de ne pas en tenir compte.

Le tour de mon ex-meilleure copine arrive. Elle affrontera Sabrina. J'aurais presque envie d'encourager Sab, mais je décide plutôt de me taire, tout simplement. Juste avant de grimper, Lisa prend tout son temps pour attacher son soulier. Comme si elle n'avait pas pu le nouer plus tôt ! Je comprends de moins en moins comment cette fille a pu être mon amie. Les deux compétitrices se mettent enfin à escalader le mur. Sabrina est très rapide et elle dépasse Lisa facilement. Il faut dire que cette dernière a une technique bien étrange. Elle ne se sert que d'une main… Elle veut probablement éviter de se casser un ongle ! Cette pensée me fait pouffer de rire. Louis-Alexandre me regarde avec un air qui signifie : « Qu'est-ce qu'il y a de drôle ? » mais je lui fais un signe pour lui dire de laisser tomber.

Sabrina gagne cette manche, sans grande surprise, puis c'est à mon tour. En passant à côté de Lisa, je ne peux m'empêcher de lui lancer :

— Je vais essayer de faire mieux… ça devrait pas être trop difficile !

Elle répond par un large sourire qui pourrait cacher bien des choses… Le moniteur dont je ne connais pas le nom m'aide à attacher le mousqueton et la corde au harnais, puis je me place devant le mur, attendant le signal. Je courserai contre Jane, une grande amie de Lisa. L'adrénaline monte en moi.

— À vos marques, prêtes, partez !

Je m'agrippe aux premières prises et je grimpe le plus vite que je peux. Je me sens comme Spiderman! Je n'ose pas regarder mon adversaire, pourtant je devine que je suis plus rapide qu'elle. Lorsque j'atteins les deux mètres du sol, ma main gauche attrape une prise et aussitôt, je comprends que quelque chose cloche. Mes doigts sont incapables de s'accrocher, je glisse et je fais une chute. Heureusement que j'étais attachée! Me voilà suspendue dans le vide, d'un air complètement ridicule. Lisa crie:

— Est-ce que ça étonne quelqu'un que Laurence soit tombée? Après tout, ce n'est pas la première fois qu'elle est aussi lâcheuse!

Plusieurs rires éclatent. Je n'ose pas jeter un coup d'œil en bas pour savoir qui rigole. Le plus désolant, c'est que j'entends des voix masculines se moquer, donc, des gars de ma nouvelle école. J'espère seulement que Louis-Alexandre ne fait pas partie de ceux-là!

Le moniteur m'aide à redescendre. Je suis incapable de regarder quiconque dans les yeux. Je fixe le sol. Soudain, je comprends. Ma meilleure ennemie a grimpé si maladroitement parce qu'elle tenait de la boue ! Son plan était clair : provoquer ma chute et m'humilier devant tout le monde ! Je la déteste tant ! Je me détache rapidement et m'éloigne un peu. Une main se pose sur mon épaule, puis la voix de Louis-Alexandre demande :

— Ça va ? Tu ne t'es pas trop fait mal ?

— Non, non, ça va.

— C'est surtout l'orgueil, hein ?

— Moi ? Orgueilleuse ? Pas du tout !

Il me sourit comme il ne l'a jamais fait avant. Je fais de même. Son visage s'approche du mien, puis nos lèvres se frôlent. Wow ! Qui aurait cru qu'un si mauvais moment pouvait se transformer en moment aussi magique !

Chapitre 9
Feu, feu, joli feu

Durant le reste de l'après-midi, nous avons fait des activités sans les snobs de Philibert-Côté. Je ne suis pas déçue du tout ! Quand j'ai su que Lisa n'avait même pas été réprimandée, j'ai compris que personne ne s'est vraiment rendu compte de ce qu'elle a fait. Je pourrais toujours le dire à madame Ginette, son enseignante. Son geste mériterait peut-être qu'elle soit renvoyée chez elle… Mais non, ce n'est pas mon genre. En plus, ses petites copines se vengeraient probablement. Et après tout, plusieurs se sont moqués de moi à cause de cette chute, bien sûr, mais je m'en fous, Louis-Alexandre, lui, est loin d'avoir ri…

Le soir venu, par contre, nous nous réunissons tous, les deux classes de ma nouvelle école et le groupe de mon ancienne école, autour du feu. Heureusement, nous sommes si nombreux que je peux à peine apercevoir mes meilleures ennemies, Lisa en tête. Assise sur un énorme tronc, entre Sabrina et Louis-Alexandre, je n'ai aucune difficulté à les oublier et je chante avec cœur les airs entonnés par Jade, accompagnée par Mélodie à la guitare. De temps en temps, mon amoureux se lève et s'approche du feu pour y faire cuire des guimauves, qu'il m'offre ensuite. Chaque fois, Sabrina me chuchote :

— Il est teeellement romantique ! Vous êtes si mignons tous les deux ! Vous êtes vraiment le plus beau couple de l'école !

La lueur des flammes me permet de voir Marie-Noëlle, assise près de Sabrina, confirmer les dires de son amie par un hochement de tête.

Cette fois-ci, lorsque Louis-Alexandre se relève, c'est aussi pour aller rejoindre Maxime, qui lui fait signe de l'autre côté du feu. Ils jasent un moment, ce qui n'a rien de bien particulier, mais l'inquiétude me gagne alors que je remarque qu'ils me lancent des regards étranges de temps à autre. Leur ton monte, mais je n'entends toujours pas ce qu'ils se confient. Quand il revient s'asseoir à mes côtés, Louis-

Alexandre engloutit d'un coup la guimauve fraîchement grillée, contrairement aux fois précédentes. Il ne me regarde pas et reste silencieux. Je lui demande :

— Qu'est-ce qui se passe ?

— Rien, répond-il brusquement.

— Qu'est-ce que Max t'a dit ? Tu as l'air tout bizarre…

— Rien de spécial. Pourquoi il faudrait que tu saches toujours tout, toi, tu me dis jamais rien.

Je décide de ne pas insister. Je saisis plutôt la longue branche qui gît à ses pieds, puis je m'approche à mon tour du feu pour me faire griller moi-même une guimauve. C'est à ce moment que je remarque que plusieurs autres élèves me fixent étrangement. Mais qu'est-ce que j'ai bien pu faire ? Les morceaux du casse-tête se mettent en place quand je m'aperçois que tous ceux qui me dévisagent sont placés près de Maxime, qui lui est placé juste à côté de… Lisa. Qu'est-ce qu'elle a inventé cette fois-ci ?

Tout à coup, Mylène, une fille que j'ai longtemps cru être ma grande amie, vient me rejoindre. Elle dit alors, vraiment fort pour que tout le monde entende:

— En passant, au cas où tu te poserais la question, mon frère va très bien!

Gregory, le frère de Mylène! C'est sûrement la dernière personne dont je voulais des nouvelles aujourd'hui, ou n'importe quel autre jour, d'ailleurs! J'avais fait l'immense gaffe d'avouer à Mylène que je trouvais son frère vraiment mignon, au début de l'année. Elle n'a pas pu s'empêcher de tout rapporter à son grand frérot plus vieux de deux ans. Il a alors fait semblant de s'intéresser à moi pour avoir des billets gratuits pour le spectacle de mon père. Le soir du show, il avait inventé une excuse pour y assister avec sa mère et... sa blonde! Il m'a téléphoné plusieurs fois par la suite. Mylène disait que c'était pour s'excuser, mais je n'ai jamais voulu lui reparler. Je me sens donc ébranlée qu'elle me parle de Gregory ce soir. Je réussis à lui répondre, je ne sais trop comment:

— Et sa blonde, elle va bien aussi?

— De quoi tu parles, Laurence? Tu sais bien que c'était toi sa blonde avant que tu lui brises le cœur ! Il est pas près de refaire confiance à une fille avec ce que tu lui as fait...

C'est cette histoire ridicule que Lisa et Mylène ont racontée à Maxime, qui l'a ensuite rapportée à Louis-Alexandre et probablement à la moitié du groupe ! Je ne comprends pas comment les gars ont pu croire ça. Ils doivent bien s'apercevoir que ces filles n'ont qu'un but : massacrer ma réputation. Puis, je repense à mes agissements depuis mon arrivée à l'école. Avec toutes mes cachotteries, je leur ai peut-être donné des raisons de douter de ma sincérité. J'avais, en effet, l'air de quelqu'un qui a des choses à cacher ! Mais je ne peux quand même pas rester là les bras croisés à laisser ces sales chipies me créer un faux passé de super vilaine digne des plus grands films de héros !

— Je te pensais pas si menteuse, Mylène. C'est ton frère ou ton amie Lisa qui t'ont appris à mentir comme ça ?

— Si elle souhaitait des cours de mensonge, c'est certainement avec toi qu'elle les prendrait! intervient Lisa, toujours assise sur son banc.

— De quoi tu te mêles, Lisa ? Contente-toi donc de jouer dans la boue…

Je sais qu'elle saisira ma référence à son mauvais coup au mur d'escalade. Je veux lui montrer que je pourrais tout révéler et la mettre dans l'eau chaude. Elle semble comprendre le message, puisqu'elle n'ajoute rien. En fait, Mélodie ne lui en laisse pas le temps. Elle se lève et dit :

— Je crois que tout le monde est très fatigué, je vais partir avec la moitié des filles de l'école Desmarais pour entrer au dortoir. Ce sera plus simple si on n'arrive pas toutes en même temps.

Le regard de madame Viviane, mon enseignante, m'invite fortement à me joindre à ces filles qui quittent le groupe. Je ne me fais pas prier. En partant, je ne prends même pas la peine de souhaiter une bonne nuit à Louis-Alexandre, de peur qu'il reste muet. En fait, je marche jusqu'au dortoir sans parler à personne. Dans ma tête, je prépare une vengeance terrible contre Lisa, la source de tous mes problèmes… Mais comme je n'arrive pas à me décider entre glisser une couleuvre dans son sac de couchage et hisser ses petites culottes à la place du drapeau du lieu de rassemblement, je laisse tomber pour ce soir, en espérant qu'une nuit de sommeil m'inspirera.

Chapitre 10
Un arbre fleuri

Le lendemain matin, j'entends Mélodie me chuchoter :

— Laurence, réveille-toi !

Je trouve un peu étrange qu'elle éveille toutes les filles une à une. Elle en aura certainement jusqu'à l'heure du dîner ! J'ouvre les yeux et je m'aperçois très vite que tout le monde dans le dortoir dort encore à poings fermés. En voyant que je suis réveillée, Mélodie ajoute :

— Viens avec moi, s'il te plaît.

Son ton est ferme, pourtant, elle n'a pas l'air fâchée. Je ne comprends pas ce qui se passe, mais je sens que je ferais mieux de ne pas traîner. Je me lève, les yeux petits et les marques d'oreiller sur ma joue. Je suis Mélodie jusqu'à la chambre des monitrices. Oh oh ! je ne sais rien du tout, mais je suis certainement dans de beaux draps. En effet, Lisa, en larmes, est assise sur une chaise pliante dans le coin de la pièce. Jade est à côté d'elle et lui tient la main. En me voyant entrer, ma pire ennemie s'écrie :

— Où est-ce que tu as mis mes affaires ?

— De quoi tu parles ?

— Toutes mes choses ont disparu, je suis sûre que c'est toi !

— Quand est-ce que j'aurais pu voler tes trucs ? Je viens juste de me réveiller !

— Tu es rentrée avant moi hier !

— Tu les avais ou pas tes affaires, hier soir ?

Elle reste silencieuse. J'ai donc marqué un point ! Et Mélodie intervient en ma faveur :

— J'étais avec Laurence quand on est revenues hier soir, je l'aurais vue faire. Et je l'aurais aussi entendue descendre cette nuit si elle s'était levée.

— Tu as fait faire le coup par quelqu'un d'autre !

Lisa a toujours eu des petites tendances paranoïaques, mais cette fois-ci, elle exagère ! Jade dit d'un ton calme :

— Lisa, tant que nous n'aurons pas trouvé le coupable, j'aimerais que tu cesses d'accuser Laurence sans preuve.

Maintenant, Laurence, tu vas aider Lisa à retrouver ses choses.

— Pourquoi moi ? Je n'ai rien fait !

— Tu es déjà levée et ça ne vous fera pas de tort de vous parler un peu.

Je n'ai plus les yeux aussi petits que tout à l'heure. Ils sont même très, très ronds. Je n'en reviens pas de l'injustice que je vis ! Je gagerais que Lisa a elle-même caché ses choses pour me causer des ennuis. Je n'ai pas vraiment envie de jouer à son jeu, alors je fais comme si de rien n'était. Elle ne pourra pas tenir sa menterie bien long-temps, sinon elle devra passer la journée en pyjama !

Lisa et moi entrons sur la pointe des pieds dans mon dortoir. Je veux lui mon-trer que ses objets personnels n'y sont pas, même si elle le sait déjà… Nous faisons le tour rapidement, en prenant soin de ne pas réveiller les autres filles. L'heure du réveil est dans une demi-heure seulement. Toutefois, en passant devant la fenêtre qui donne sur le lac, j'éclate de rire, ce qui fait sursauter Marie-Noëlle.

Je n'ai pas pu m'en empêcher, ce que j'aperçois est beaucoup trop comique. Sur l'île du lac Jaune pousse un arbre chétif habillé des vêtements de Lisa!

— Drôles de feuilles! fait Marie-Noëlle en suivant mon regard.

Toutes les filles se réveillent une à une et bientôt, toutes contemplent le spectacle des petites culottes de Lisa à la cime du pommier, ou de l'érable (je suis nulle en essences d'arbres). Je devrais crier victoire et danser devant la tête catastrophée de Lisa, mais quand je vois l'eau monter dans ses yeux, j'ai plutôt de la peine pour elle. Malgré tout ce qu'elle m'a fait subir, je ne lui souhaitais pas une telle humiliation. Elle se tourne vers moi et me dit:

— Tu es contente maintenant? Tu es fière de toi?

— Je te jure que c'est pas moi. J'aurais jamais pu faire ça toute seule de toute façon!

❋

Une demi-heure plus tard, Lisa a récupéré ses vêtements grâce à deux moniteurs qui sont allés les chercher le plus subtilement possible en canot. Les élèves des deux écoles ont tout de même eu le temps de tout voir... Nous avons tous été convoqués au lieu de rassemblement où nos enseignants et moniteurs se tiennent, l'air grave. Madame Viviane prend la parole la première.

— Vous savez tous ce qui s'est passé durant la nuit. Nous voudrions punir les coupables seulement et pas tout le groupe, mais pour cela, nous devons connaître les responsables de ce geste malfaisant.

Un brouhaha se fait entendre. Les élèves de Philibert-Côté m'accusent toutes, quelques filles de Desmarais essaient de me défendre en disant que Lisa est si méchante qu'elle a assurément d'autres ennemies, même dans sa classe. Marie-Noëlle et Sabrina n'osent pas trop attirer l'attention, sûrement pour ne pas être pointées à leur tour, tandis que Louis-Alexandre, toujours en colère, ne prend pas la peine de me regarder. Il reste en retrait avec Maxime. Ce n'est sans doute pas un hasard s'il se tient avec le gars de l'école qui me déteste le plus... Il n'est pas encore prêt à me parler, c'est évident.

Comme personne n'avoue son crime, Mélodie ajoute :

— Si vous voulez vraiment passer la journée ici, ça ne me dérange pas, mais pensez un peu à ceux que vous pénalisez !

Tout à coup, Léo s'avance devant le groupe et dit :

— Je sais qui l'a fait. C'est moi !

Léo ? Éric lève la main et renchérit :

— Moi aussi !

À ma grande surprise, tous les gars avouent avoir été impliqués dans le crime, même Louis-Alexandre. Les raisons qu'ils donnent sont ridicules. Elles passent de « j'étais somnambule » à « je trouvais qu'un arbre sans feuilles, c'était beaucoup trop triste ». Les adultes savent bien que les gars n'ont pas pu tous faire le coup. Les moniteurs s'en seraient rendu compte ! Tout le monde se doute d'où vient l'idée quand Maxime dit :

— On aurait voulu apporter les vêtements de toutes les filles du dortoir, mais on a manqué de temps !

Chapitre 11
Un nouvel ami?

Comme les gars ne peuvent pas tous être punis, mais qu'il est impossible de connaître le vrai responsable du mauvais coup, madame Viviane se contente d'exiger qu'ils s'excusent tous un à un à Lisa. Ils auront aussi un devoir supplémentaire une fois de retour à l'école. Je sais qu'ils l'ont fait pour me venger, alors je me sens un peu mal, mais en même temps, je n'avais rien demandé! Ils devaient bien se douter que leur blague ne passerait pas inaperçue!

Alors que ma classe quitte le lieu de rassemblement pour le lac, j'essaie de rejoindre Louis-Alexandre subtilement, mais il fait mine de ne pas me remarquer et va plus loin. Maxime se place entre nous et dit:

— Insiste pas, Lau.

De quoi il se mêle, celui-là? J'aimerais juste comprendre pourquoi Louis-Alex est aussi distant. S'il a participé au mauvais coup, il doit bien être de mon côté et pas de celui de Lisa, non ? Et si c'est le cas, il devrait me croire moi, plutôt que croire ses menteries et celles de ses charmantes amies ? Si mon peut-être ex-amoureux ne veut pas me répondre, peut-être que Max acceptera, lui, « d'éclairer ma lanterne », comme dit ma mère. Tout le groupe se place en file indienne pour aller chercher des gilets de sauvetage dans un petit cabanon. Je me faufile entre Max et Léo.

— Max, pourquoi Louis-Alexandre refuse de m'approcher ?

— Je t'expliquerai peut-être plus tard. Là, s'il me voit en train de te parler, il va me tuer !

Comme si Max avait peur de Louis-Alexandre ! Une fois dans le canot, je partage mes interrogations avec Marie-Noëlle et Sabrina.

— Ce n'est pas le genre de Louis-Alexandre. Il pardonne assez facilement, d'habitude. C'est le gars avec le meilleur caractère de toute l'école ! Tu sais, j'étais presque jalouse de toi, Lau ! explique Marie-Noëlle.

— Toi aussi, tu crois que tout est gâché ?

— Pour ça, il faudrait comprendre ce qui se passe. Et le seul moyen, c'est de parler à ton chum !

— Ou d'aller rejoindre Max qui nous fait des signes de l'autre côté de l'île ! ajoute Sabrina.

En effet, seul à bord de son pédalo, Maxime bouge les bras comme un moulin à vent pour attirer notre attention. Nous ramons maladroitement (nous ne gagnerons jamais de médaille olympique !) jusqu'à lui. Là, camouflé par les plantes marines, celui que je croyais un ennemi ose enfin m'expliquer le fin fond de l'histoire. Il hésite d'abord, regardant tour à tour Sabrina et Marie-Noëlle. C'est alors que Sabrina, impatiente, déclare :

— Franchement, Maxime, tu peux parler devant nous, tu sais bien que de toute façon, après, Laurence nous répétera tout !

Comme il hésite encore, je décide de traverser dans son pédalo. Nous nous approchons le plus possible l'un de l'autre, puis, au moment où nous sommes certains qu'aucun adulte ne nous verra, j'essaie de sauter dans l'embarcation. Mon pied glisse sur le bord et je tombe directement dans le lac, trop loin du pédalo pour pouvoir m'y raccrocher! Prise d'un fou rire, j'y monte ensuite avec peine. Même s'il ne fait pas particulièrement froid, je suis congelée! Mais par orgueil, je n'ose pas l'avouer. Je fais comme si de rien n'était et demande une fois de plus à Maxime :

— Bon, qu'est-ce qui se passe ?

— Les vêtements de Lisa sur l'île, c'était l'idée de ton chum.

Je suis un peu rassurée. S'il dit « ton chum », c'est que Louis-Alexandre est toujours intéressé. Je l'écoute donc avec un peu moins de nervosité et si je tremble, c'est de froid et non de peur. Je l'invite à continuer, d'un mouvement de la main.

— Et s'il fait semblant d'être frustré contre toi, c'est pour que ça passe pas sur ton dos.

— Je suis pas sûre de te suivre...

— C'est pourtant pas compliqué! Si on s'était fait prendre et que quelqu'un avait deviné qu'il faisait ça pour te venger, il aurait facilement pu dire : « Ark, non, je suis fru contre elle ! » Tu comprends ?

— Je crois... Mais je trouve ça un peu ridicule. J'aimerais cent fois mieux être accusée à votre place plutôt que de subir les regards méchants de Louis-Alexandre !

— Fâche-toi pas contre moi, c'était son idée, pas la mienne ! D'ailleurs, tu pourras lui expliquer tout ça toi-même, il s'en vient...

Je me retourne et j'aperçois le kayak de Louis-Alexandre voguer jusqu'à nous.

— Pouvez-vous me dire ce que vous faites ensemble dans ce pédalo ?

— Rien ! faisons Maxime et moi d'une même voix.

C'est un peu louche, je l'avoue... Mais qu'avons-nous à nous reprocher, au juste ?

— Je m'excuse, Louis-Alex, il fallait que je lui dise pourquoi tu l'ignorais, je trouvais ça trop chien...

— Et Laurence avait besoin de sauter dans le lac pour ça ? Comment tu vas expliquer à madame Viviane que tu sois mouillée comme ça, ma jolie ?

Oh ! il a dit « ma jolie »...

— Elle n'est pas obligée de me voir comme ça… Peux-tu m'aider ?

— Je veux bien.

— T'es plus fâché ?

— Je l'ai jamais été !

— Vous êtes mignons, les amoureux, mais Mélodie fait des grands gestes pour qu'on retourne tous au quai. Et d'ailleurs, on est maintenant les seuls sur le lac !

Nous rejoignons la rive le plus rapidement possible, et les gars font de leur mieux afin que j'évite le regard des adultes…, mais c'est peine perdue. Jade m'aperçoit et je dois inventer une histoire pour expliquer mon état, disons… trempé !

— Laurence, qu'est-ce qui s'est passé ?

— Hum… Je… c'est parce que…

Malheureusement, cette fois-ci, mon imagination ne parvient pas à me tirer de ce mauvais pas.

— Laurence croyait avoir vu un bout de tissu sur l'île, un chandail probablement, et elle s'est dit qu'il appartenait à Lisa et elle a voulu le récupérer, mais elle est tombée à l'eau et je l'ai rattrapée, fait Maxime, plus rapide que moi.

Je n'en reviens pas! Alors qu'il aurait été le premier à me nuire il n'y a pas si longtemps, maintenant, il me sauve une fois de plus! Est-ce que ça cache quelque chose? Est-ce que ça aurait quelque chose à voir avec mon père? J'espère tellement que non!

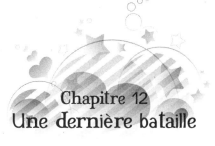

Chapitre 12
Une dernière bataille

Plus tard dans la journée, un vent frais s'est levé, nous faisant prendre conscience que l'été n'est pas encore vraiment commencé. Nous nous rendons donc au dortoir, où nous sommes témoins d'une scène tout à fait réjouissante. Les filles de l'école Philibert-Côté sortent, les bras remplis de bagages, et se dirigent vers un autobus Voyageur qui les mènera loin d'ici ! Évidemment, un autobus jaune n'est pas assez bien pour ces snobs ! Enfin, le plaisir pourra véritablement commencer... même si ce n'est que jusqu'à demain.

Au moment où je me croyais débarrassée (ou presque) de Lisa, je tombe nez à nez avec cette peste, cette plaie, ce virus incurable dans l'entrée du dortoir. Je dis alors, d'un ton faussement déçu :

— Vous partez ? Zut ! On va tellement s'ennuyer !

— Vous allez nous manquer aussi. À vos côtés, on se sentait si intelligentes !

— Ça doit pas arriver très souvent.

— Chaque fois qu'on côtoie des sans-génie comme toi et tes petits amis. Mais tu dois comprendre ça, toi ; si tu sors avec ton cher Louis-Alexandre, c'est sûrement pas pour son quotient...

Qu'elle m'insulte, ça me passe mille pieds par-dessus la tête. Mais qu'elle dise du mal de mon amoureux, ça, je ne le prends pas ! Sans réfléchir, j'agrippe la première chose qui tombe sous ma main : sa jolie queue de cheval toute blonde. Elle lance un cri semblable à celui d'un chat à qui on aurait coupé les oreilles. Elle me balance un coup de pied dans le tibia et par réflexe, je tire encore plus fort. Son cri se transforme en hurlement. Déjà qu'elle a une horrible voix grinçante quand elle parle, en ce moment, elle pourrait servir de trame sonore à un film d'horreur ! Comme je ne lâche pas prise, bien au contraire, elle saisit mon poignet libre et elle me mord si fort que je suis certaine que la trace y restera pendant des

jours ! Au moins, on n'endure plus son in-
supportable gémissement...

Sans que je m'en aperçoive, un cercle
d'élèves s'est formé autour de nous. Marie-
Noëlle se fait entendre :

— Vas-y, Laurence !

Puis d'autres clament mon nom.
« Laurence, Laurence, Laurence ! » Le clan
ennemi s'y met aussi. « Lisa, Lisa, Lisa ! »
Soudain, une voix plus forte enterre les
autres.

— Qu'est-ce qui se passe ici ?

Jade nous sépare brusquement. Je souris
en remarquant que quelques cheveux de
Lisa sont restés entre mes doigts. La moni-
trice nous entraîne au fond du dortoir,
malgré les plaintes de Lisa. « Mais Jaaade,
je vais rater mon autobuuuus ! » Jade, par
son regard menaçant, parvient à la faire
taire.

— Franchement, les filles, vous avez dé-
passé les bornes ! Vous n'êtes peut-être pas
les meilleures amies du monde, mais de là
à vous battre... Vous êtes des animaux ou
quoi ? J'aurai pas le choix d'en parler à vos
enseignantes.

— Non ! *Please* Jaaaade ! Je devais bien me défendre, moi, elle m'a attaquée comme une sauvage ! se plaint Lisa avec ses grands yeux mouillés.

Je connais parfaitement cette mimique, qu'elle utilise sans cesse pour essayer d'avoir tout ce qu'elle veut. Le pire, c'est que le plus souvent, ça marche. Non, le pire pour vrai, c'est que ça a déjà marché avec moi ! Wouach !

— Laurence, c'est vrai ce que Lisa dit, que c'est toi qui as commencé ?

Ce n'est pas mon genre de mentir. Je n'ai pas envie de me rabaisser et d'entrer dans le petit jeu de Lisa. Je réponds donc :

— Oui. En fait, elle avait insulté vraiment méchamment mes amis. Je pouvais pas la laisser faire.

— Il fallait que tu viennes me voir, ou que tu ailles voir un autre adulte au lieu de t'en prendre à Lisa comme ça !

— OK. C'est ce que je ferai la prochaine fois.

Ce n'est pas si faux, je sais très bien qu'il n'y aura pas de prochaine fois. Les risques que je sois assez malchanceuse pour croiser

Lisa dans de telles circonstances une deuxième fois sont plutôt minces!

— Bon, Lisa, va rejoindre ton groupe. Laurence, monte avec les autres dans votre dortoir.

J'évite de regarder Lisa. Je ne pourrais peut-être pas m'empêcher de lui arracher quelques cheveux de plus. Je n'ai jamais été très violente, mais cette fille me met hors de moi! Maintenant, c'est réglé, elle disparaîtra avec ses petites copines. On pourra enfin avoir du bon temps!

✻

Le soir, nous nous rendons tous à l'aire de feu de camp. Je sens que ce moment sera beaucoup plus fantastique que la dernière fois que nous nous sommes retrouvés à cet endroit! Je suis d'une humeur magnifique, même si, en marchant vers le site de feu, madame Viviane me dit:

— Laurence, Jade m'a parlé de votre petite bagarre, à Lisa et à toi. Je ne suis vraiment pas fière de toi! Je ne sais pas encore quelle sera ta conséquence, mais on va s'en reparler, toi et moi...

Je ne pouvais pas m'attendre à m'en tirer sans conséquence de toute façon... Mais je continue à penser que je n'avais pas le choix. Quand je raconte la scène à Louis-Alexandre, il trouve adorable que je l'aie défendu, toutefois il me gronde de m'être ainsi mise dans l'eau chaude pour lui. Mais il ne m'en veut pas longtemps. En effet, je passe la soirée la plus romantique de ma vie. Comme le temps est toujours frais, les monitrices distribuent des couvertures de laine. Mon amoureux et moi en partageons une, lorsque ce prince charmant n'est pas près du feu à faire griller des guimauves à mon intention. Puis, quand Cortéo, un moniteur, nous raconte une légende terrifiante, il serre ma main pour me rassurer. Évidemment, je n'avais pas peur pour vrai, mais quand même... Des moments dignes de contes de fées comme celui-ci, j'en vivrais tous les jours, ou plutôt toutes les heures !

Chapitre 13
Les nouvelles vont vite...

Le lendemain matin, nous repartons en autobus. Le trajet du retour est beaucoup moins enjoué et bruyant que celui de l'aller. En effet, nous sommes tristes de partir de cet endroit où tant d'histoires se sont déroulées, mais aussi parce que la plupart des élèves, n'ayant pas beaucoup dormi durant les dernières nuits, profitent de la route pour somnoler un peu.

En arrivant à l'école, nous devons retourner en classe pour le reste de la journée, mais personne n'en a envie, même nos enseignantes ! Heureusement, madame Viviane n'avait prévu qu'une période de lecture et une autre d'art, ce qui n'est pas très fatigant. Pendant toute l'heure de lecture, je suis incapable de plonger dans mon roman, même s'il est palpitant. Je ne peux m'empêcher de lever les yeux vers Louis-Alexandre. À ce que je peux constater, lui non plus n'est pas très passionné par sa bande dessinée, puisque nos regards se croisent à plusieurs occasions. Durant le cours d'art, je suis si distraite que j'échappe deux fois le même pot de peinture. Le temps passe donc très vite avant que la cloche de la fin des classes fasse entendre sa jolie mélodie.

Lorsque je sors de l'école en compagnie de Louis-Alexandre et de Sabrina, j'aperçois la voiture de maman dans le stationnement. En temps normal, j'aurais été en colère de la voir là, alors que je lui avais demandé de rester quelques rues plus loin, mais aujourd'hui, je ne suis pas fâchée du tout. En fait, je suis plutôt contente de ne pas avoir à marcher jusqu'à notre point de rendez-vous habituel. Et de toute façon, toute la classe — et bientôt toute l'école si je me fie à la vitesse où les rumeurs courent ici — sait qui est mon père.

— Ma mère m'attend, dis-je à Louis-Alexandre.

Par timidité, je lâche sa main et je n'ose pas l'embrasser. Je me contente de le saluer. Il semble soulagé. Je crois que lui non plus n'aurait pas aimé que ma mère nous voie ! Sabrina comprend tout de suite notre petit jeu et elle pouffe de rire, ce qui nous fait sourire tous les deux. Mon amoureux transporte tout de même mes bagages à quelques mètres de l'auto, après quoi mes amis tournent les talons pour rentrer chez eux.

Je monte dans la voiture, le sourire toujours aux lèvres. Ma mère ne semble pas d'aussi bonne humeur. Qu'est-ce qui se passe, elle ne s'est pas ennuyée de sa fille chérie ?

— Tu t'es bien amusée, à la classe verte ? demande-t-elle sèchement.

Je ne comprends rien à ses sourcils froncés. Je lui réponds d'un ton mal assuré :

— Oui...

— Madame Viviane a téléphoné à la maison tout à l'heure...

C'est donc pour cela qu'elle s'est absentée de classe ! Je vois, maintenant, pourquoi maman a cet air fâché !

— Il paraît que tu t'es battue avec ton ancienne camarade Lisa ?

— C'est elle qui avait commencé !

— Je ne veux pas entendre de telles

excuses ! Qu'est-ce qui t'a passé par la tête ?
Ce n'est pas ton genre de t'en prendre
physiquement aux gens !

Je ne peux quand même pas lui dire que
Lisa avait insulté mon chum. Elle se mo-
querait probablement de mon histoire
d'amour, comme le font tous les adultes
avec les jeunes de mon âge. Ils ne nous
prennent jamais au sérieux ! Pourquoi nos
sentiments ne seraient pas aussi vrais que
les leurs ? Parce que nous ne sommes pas
des « vieux » ? Eh bien, justement, nos cœurs
sont beaucoup moins desséchés que les
leurs ! Pendant que je pense à tout ça, un
long silence s'installe dans la voiture.
Maman attend de plus en plus impatiem-
ment que je m'explique. De mon côté, je
n'ai toujours pas de réponse à sa question.
Je me contente donc de dire :

— Mais maman... Tu sais à quel point
Lisa peut être méchante !

— Ce n'est pas une raison, jeune fille !
Je vais discuter avec ton père de la punition que tu mérites...

La voiture s'arrête dans l'entrée de la
maison. Je sors lentement, attrape mes

bagages, puis pénètre dans notre demeure presque à reculons. Papa m'entend entrer et il accourt pour me serrer dans ses bras.

— Ah, ma Laulau ! Je me suis ennuyé de toi !

Ça, c'est une réaction normale ! Mais j'imagine qu'il n'est pas au courant de mes bêtises des derniers jours… Ma mère coupe court à nos retrouvailles, en disant :

— Venez dans le salon, on a à se parler tous les trois.

Comme je l'avais deviné, papa n'avait pas encore été informé de ma bagarre avec Lisa. Quand maman lui répète ce que madame Viviane lui a raconté, il a une réaction qui m'étonne.

— Lau avait sûrement une bonne raison, n'est-ce pas, Lau ?

Ma mère se transforme en tomate bien rouge de colère et s'exclame :

— Parce que tu approuves ce qu'elle a fait ! Tu veux que notre fille devienne une gamine de ruelle qui se bat pour tout et n'importe quoi ? Moi qui pensais que tu étais contre les gestes violents, toi aussi !

— Franchement, Julie, c'est pas comme si Laurence entrait à la maison chaque soir avec le nez en sang et un œil au beurre noir !

— Ben non, je m'arrange toujours pour être plus forte que mes adversaires et que ce soit eux qui finissent avec un œil au beurre noir et le nez en sang !

Oups, ma blague était peut-être de trop. Le sens de l'humour de ma mère semble très, très loin en ce moment. Quelque part entre Mars et Saturne... Mon père, par contre, essaie de cacher un fou rire. Maman le remarque et elle dit :

— Patrick ! Je peux pas croire que tu encourages un tel comportement ! Je veux pas que ma fille devienne aussi délinquante que tu l'étais à son âge, c'est une chose que tu devrais comprendre !

— Ah, Julie ! Dramatise donc pas ! C'est sûr que je suis pas pour des gestes de violence comme ça, mais c'est la première fois que ça arrive, je suis certain que Laurence regrette ce qu'elle a fait et que ça se reproduira plus.

Bien qu'en réalité, je regrette seulement à moitié mon geste, je dois profiter de cette porte de sortie que mon père m'ouvre toute grande ! Je fais donc signe que oui de la tête, en pensant que la discussion se terminera ainsi. Mais non ! Maman revient à la charge, papa se fâche aussi et bientôt, ils se disputent une fois de plus. Comme ils ne me regardent plus, je me dis qu'ils ne remarqueront sûrement pas mon absence, alors je décide de sortir de la pièce. Je ne veux plus les entendre, mais même de ma chambre, je capte leurs cris. Où est-ce que je pourrais bien aller ?

Chapitre 14
Ah, ces artistes !

Je redescends à la cuisine et je saisis un vieux reçu d'épicerie qui traîne, sur lequel je note : « Je suis partie prendre une marche, je serai de retour bientôt. » Ils ne pourront pas me reprocher de les avoir inquiétés pour rien !

Je sors de la maison, sans trop savoir vers où me diriger. Je marche finalement vers l'école, puis je me rappelle soudain que Sabrina habite tout près de là. Elle m'avait montré sa maison quand nous étions passés devant, en autobus, en nous rendant au lac Jaune. Alors que j'avance dans l'allée menant à sa porte, celle-ci s'ouvre et Sabrina apparaît.

— Laurence ! Qu'est-ce que tu fais ici ?

J'éclate en sanglots, surtout à cause de toute la fatigue accumulée dans les derniers jours. Elle me fait signe d'entrer, puis nous descendons dans sa chambre, qui est au sous-sol. Nous nous assoyons toutes les deux sur son lit, puis, entre deux hoquets, je lui explique :

— Mes parents… arrêtent pas de… de… de s'engueuler. J'ai peur qu'ils… ils… décident de se séparer !

Mon amie ne sait d'abord pas trop quoi dire pour me réconforter, alors elle se contente de poser son bras sur mes épaules. Puis elle se lève et met un disque d'une chanteuse que nous aimons beaucoup toutes les deux : Rebecca Jones. La musique me calme peu à peu. Je réussis même à sourire à Sabrina, qui avoue :

— Je sais pas trop comment te consoler. Mes parents sont toujours ensemble et ils se chicanent à peu près jamais. Mais les parents de Marie-Noëlle sont divorcés et elle m'a dit un jour que maintenant elle était vraiment contente qu'ils se soient laissés. Elle dit qu'ils sont beaucoup plus heureux, et elle aime beaucoup avoir deux maisons différentes. Elle s'entend super bien avec sa demi-sœur en plus ! Il y a plein d'avantages, non ?

Je ne vois pas vraiment les choses de la même manière, mais je constate tous les efforts que Sabrina fait pour me remonter le moral. Je lui réponds donc :

— Tu as peut-être raison.

— Et tout va sûrement s'arranger !

— C'est sûr.

— Est-ce que tu veux souper ici ?

— Tu es vraiment gentille, mais je crois que je vais rentrer chez moi. Ils doivent avoir fini de se crier après, tous les deux…

Elle m'accompagne jusqu'à la porte, me donne une dernière petite tape d'encouragement sur l'épaule. Je retourne ensuite à la maison tranquillement. Dès que je mets le pied à l'intérieur, je soupire de soulagement. Des voix calmes parviennent de la cuisine. J'entends même des rires ! De plus, une agréable odeur de sauce à spaghetti flotte dans l'air. Je rejoins mes parents, qui, en me voyant, me prennent tous les deux dans leurs bras.

— On est désolés pour tout à l'heure, ma Laulau, commence mon père.

— On a un peu exagéré tous les deux, poursuit ma mère.

— Est-ce que vous allez vous séparer ?

— Laurence ! Mais où est-ce que tu vas chercher ça ? C'est vrai que ton père et moi, on a tous les deux des caractères forts et que, quand on a un différend, on s'enflamme facilement, mais on a toujours été comme ça. On finit chaque fois par se calmer et par en rire. J'étais sûre que tu avais compris ça depuis longtemps et que tu t'en faisais plus avec nos petites chicanes !

Ouf ! je suis vraiment soulagée. J'imagine que c'est ça, avoir des parents artistes ! Et je devrais être contente, grâce à leur engueulade, ils semblent avoir oublié de penser à une punition pour moi... Youpi ! Néanmoins, j'ai bien appris ma leçon. Alors que je me crois de plus en plus tirée d'affaire, mon père déclare :

— Mais on a quand même discuté de ce que tu as fait, ta mère et moi, et elle a raison sur un point : on peut pas laisser ton geste sans conséquence. Tu avais peut-être une bonne excuse, mais... Au fait, j'y pense, tu nous as pas dit pourquoi tu as fait ça !

— Vous voulez la vraie vérité ?

— Bien sûr qu'on veut la vraie vérité, Lau ! répond maman.

Je prends quelques secondes avant de dire, gênée :

— Lisa avait insulté vraiment méchamment mon… mon chum.

Ils demeurent tous les deux un moment sans mot, avec des airs qui ressemblent à celui qu'ils feraient devant un mignon petit chiot. Je me permets d'ajouter :

— Papa, si quelqu'un avait insulté maman, tu l'aurais frappé, non ?

— Évidemment !

Papa se reprend, voyant le regard réprobateur de maman.

— En fait, non, j'essaierais de… dialoguer.

Puis, il chuchote à ma mère :

— C'est ça qu'il fallait que je dise, non ?

Elle fait signe que oui en riant. Sa tête redevient soudainement sérieuse pour me donner ma sentence :

— Alors, Laulau, on a discuté et voici la punition qu'on a trouvée ensemble : demain, tu vas passer l'aspirateur partout et faire le ménage de la salle de bain.

Moi qui voulais profiter de ma fin de semaine pour voir Louis-Alexandre. Je me demande si je ne préférais pas quand ils se disputaient, ces deux-là! Mais non, je blague. Du coin de l'œil, je les observe se minoucher en finissant de préparer le souper. Ils sont vraiment beaux et au fond, je suis heureuse et fière d'être la fille d'un couple aussi amoureux!

Chapitre 15
Monsieur Net et Madame Blancheville

Le lendemain, j'essaie de me défiler de ma punition, mais sans succès. Maman répond à mes supplications en me tendant le manche de l'aspirateur. C'est donc en grognant que je me mets à la tâche, espérant réussir à terminer ma besogne assez vite pour aller rejoindre Louis-Alexandre...

Les écouteurs dans les oreilles, j'écoute les chansons du dernier album de Rebecca Jones. Je me sens coupée du monde et cela m'aide à trouver la corvée moins ennuyante. Alors que j'arrive au bout du couloir, quelque chose se pose sur mon épaule. Mon cœur fait au moins huit bonds ! Au bord de la crise cardiaque, je me retourne et me retrouve face à face avec mon père, qui semble bien fier de son coup. J'éteins l'aspirateur, ainsi que mon lecteur MP3, avant de lui crier :

— Es-tu fou ? Tu veux me faire mourir ou quoi ?

— Désolé, Lau, je t'ai fait des grands signes quand tu es passée devant mon bureau, mais tu m'as jamais remarqué... J'ai quelque chose à te proposer.

— Ça peut pas attendre ? Faut que je finisse de faire le ménage, moi, votre esclave !

— Ça va prendre deux secondes, Cendrillon. Crois-tu que tes amis aimeraient me donner un coup de main pour mon prochain spectacle ? J'aurais besoin d'un avis et, même si vous êtes un peu plus jeunes que mon public habituel, d'après moi, vous pouvez être de très bons critiques...

— Je sais pas trop...

D'un côté, j'adorerais que mes copains viennent assister à cette grande première, mais qui sont les vrais amis que je dois inviter ? C'est un peu délicat et je risque de faire des jaloux...

— Si tu veux, je pourrais même t'aider à monter ton propre numéro, qu'on pourrait leur présenter. Ce serait génial ça, non ?

— Peut-être... Je vais y penser, d'accord ?

— J'enlèverais mes *jokes* un peu plus osées, si ça peut te rassurer...

— J'espère bien !

Il retourne dans son bureau en rigolant et je reprends ma tâche. Durant toute la durée beaucoup trop longue de mon grand ménage, je réfléchis à l'offre de mon père. Mon propre numéro... j'avoue que c'est tentant ! J'imagine Sabrina, Marie-Noëlle et surtout Louis-Alexandre rire de mes blagues et je ne peux m'empêcher de sourire. Mais est-ce que j'aurais l'air un peu trop prétentieuse ? Un peu trop « petite fille à papa » ? Ce n'est vraiment pas mon intention !

À la seconde où je termine le ménage de la salle de bain, je saute sur le téléphone et j'appelle Louis-Alexandre. Sa mère me répond :

— Louis-Alexandre ne peut pas parler au téléphone, il est puni.

Je constate que madame Viviane a averti tous les parents... Zut ! je dois absolument le voir ! Je dis donc à madame Berthiaume :

— Vous avez sûrement entendu dire que votre fils avait fait un mauvais coup à une certaine Lisa au lac Jaune, c'est ça ?

— Exactement. Je n'accepte pas ce genre de blagues malfaisantes.

— Je comprends très bien, c'était assez idiot et pas mal méchant ce qu'ils ont fait, mais Louis-Alexandre a rien à voir là-dedans.

— Comment tu le sais ?

Est-ce que j'invente qu'il était avec moi à ce moment-là ? En pleine nuit ? Elle n'apprécierait certainement pas et je n'aiderais pas la cause de mon chum. Je devrai trouver mieux. Quelque chose comme : « Maxime me l'a dit, c'est lui qui a tout fait avec un autre élève et votre fils a voulu les protéger, comme tous les autres gars du groupe d'ailleurs. Vous faites ce que vous voulez, vous êtes sa mère, mais si j'étais vous, j'encouragerais la solidarité ! » Si elle est le genre de mère qui déteste qu'un enfant lui donne des conseils, je serai foutue. À court d'inspiration, je lui dis finalement :

— Madame Berthiaume, je viens de passer l'aspirateur dans toute la maison et de laver la salle de bain jusque dans les plus petits racoins, je crois que j'ai été punie pour deux !

Je ne suis pas sûre de mon effet, mais au bout du compte, c'était une idée de génie, puisqu'elle éclate de rire et me répond :

— Du ménage ! Ce n'est pas bête du tout ça ! Pour te remercier de cette si merveilleuse suggestion, je vais te laisser bavarder avec Louis. Vous pourrez même vous voir cet après-midi, mais demain, il fera briller notre maison !

Oups ! Est-ce que Louis-Alex appréciera mon idée de génie ? Peut-être pas... Je ne lui en parle pas lorsque je l'ai au bout du fil. Je l'invite plutôt à me rejoindre au dépanneur du coin.

Quinze minutes plus tard, nous sommes réunis sur la table de pique-nique à côté du dépanneur, un énorme cornet de crème glacée à la main.

— Ta mère t'a dit pourquoi elle a accepté que tu sortes ?

— Oui...

— Tu m'en veux pas trop ?

— Bien sûr que non ! J'aime cent fois mieux laver la toilette, même avec une brosse à dents, si ça me permet de te voir quelques minutes.

L'image de mon amoureux récurant la cuvette n'est pas la plus romantique de l'univers, mais il est tout de même si mignon !

Je lui explique ensuite mon dilemme concernant la proposition de mon père. Il n'hésite pas une seconde avant de dire :

— Ce serait trop génial, Laurence !

— Mais je peux pas inviter tout le monde...

— C'est sûr qu'il y aura des jaloux. Tu peux pas l'éviter. De toute façon, c'est impossible d'être aimé de toute la planète.

— C'est vrai...

— Je sais, j'ai toujours raison !

Il me regarde avec un petit air faussement supérieur. Je fais semblant de l'étrangler. De surprise, il en échappe sa crème glacée et il profite de ses deux mains libres pour me chatouiller. Même si je me tords dans tous les sens, ma glace tient le coup et je vois là une arme secrète efficace... Je réussis à articuler entre deux éclats de rire :

— Louis-Alex, si tu arrêtes, je partage ma crème glacée avec toi !

C'est une offre qu'il ne peut pas refuser. De mon côté, je gagne sur tous les tableaux ; c'est un peu cliché, mais si romantique !

Chapitre 16
Un spectacle intime

Vers la fin de l'après-midi, Louis-Alexandre me propose d'aller chez lui, d'où nous enverrons par courriel des invitations pour un spectacle intime de mon père. J'appelle d'abord papa pour fixer une date avec lui. Il est tout heureux que j'accepte. Et quand il est heureux, il fait plein de mauvaises blagues et il est énervé comme un gamin.

— Tu veux, Laulau, tu veux, tu veux ? Samedi prochain vers 13 heures, ça serait parfait ! Et tu vas inviter ton aaaamoureeeux ? Est-ce que je devrai m'habiller chic ? Est-ce qu'il va me demander ta main ?

Dans ces cas-là, la meilleure chose à faire est de raccrocher sans répondre. Bon, ce n'est pas très poli, mais c'est mieux que de rester fâchée pour le reste de la journée ! Et en plus, j'ai su ce que je voulais savoir, alors pourquoi prolonger ce mauvais moment ?

Louis-Alexandre a les adresses courriel de tous ceux que je désire inviter, alors je les copie pour envoyer le message à Marie-Noëlle, Sabrina, Léo, Éric et Maxime de ma propre adresse.

Le lendemain, je reçois les réponses de tous, sauf de Max. Il n'a peut-être pas accès à Internet... Mes amis sont tous très excités d'avoir la chance d'assister en primeur à une partie du prochain spectacle de mon père. Je leur demande toutefois de rester discrets. Je ne voudrais pas qu'il y ait des jaloux. Après tout, je ne pouvais pas inviter tout le monde! Nous n'en parlons donc pas de la semaine, même pas entre nous.

Tous les soirs, une fois mes devoirs faits (en vitesse), je rejoins papa dans son bureau et ensemble nous élaborons mon numéro. C'est en fait un numéro que nous ferons à deux. Nous traitons des relations père-fille. Ce qui rend le tout comique, c'est que la fille est beaucoup plus mature et sensée que son père. D'après ma mère, nous avons à peine exagéré la réalité! J'aime beaucoup ce que nous avons préparé, mais plus la semaine avance, plus je suis nerveuse pour samedi. Est-ce que je vais réussir à tout apprendre à temps ? Est-ce que notre numéro est assez drôle ? Et si je me ridiculisais devant mes amis ? Et si Louis-Alexandre décidait de casser parce qu'il me trouve trop nulle ? Toutes ces questions trottent sans cesse dans ma tête chaque nuit qui me sépare du jour J. Le vendredi soir, je suis si fatiguée que, quand Marie-Noëlle m'invite à aller au cinéma, je refuse pour me coucher à sept heures !

Le samedi matin, je me lève de très, très bonne heure pour lire, relire et rerelire mon numéro. J'ai du mal à avaler un bol de céréales tant je suis stressée. Heureusement, mon père me rassure. « C'est normal, ma Laulau ! Tu sais à quel point je suis nerveux avant mes shows ! Et je dois t'avouer que les soirs où je suis le plus énervé sont les soirs où je donne le meilleur spectacle. Tu vas donc être fantastique ! Maintenant, lâche ton texte, nous allons préparer la salle de séjour. »

L'unique pièce du sous-sol est très vaste. Elle est parfaite pour être transformée en salle de spectacle. Avec l'aide de maman, nous poussons la table basse et le meuble de télévision plus loin, puis nous déplaçons le sofa et ajoutons des chaises pour notre public. Nous formons même une petite scène avec une large planche de contre-plaqué et des caisses de lait. Ce n'est pas comparable aux immenses salles où mon père donne habituellement ses représentations, mais pour aujourd'hui, ça fera amplement l'affaire !

Lorsque la sonnette retentit, j'ai l'impression que mon cœur s'arrêtera de battre. J'ai les jambes plus molles qu'une crème glacée qui fond au soleil, à un point tel que j'ai de la difficulté à remonter au rez-de-chaussée pour répondre à la porte. Ma mère me devance et laisse entrer Marie-Noëlle et Sabrina. À peine ont-elles un pied sur le seuil de la porte qu'elles regardent partout autour, l'air impressionné. C'est vrai que ma maison est un peu plus grande que les leurs, mais je ne vois pas ce qu'elle a de si épatant ! Pourtant, Louis-Alexandre, Éric et Léo ont la même réaction lorsqu'ils entrent à leur tour. Mais ce n'est rien, comparé à l'effet qu'a sur eux la rencontre avec mon père ! Nous descendons tous au sous-sol et, quand ils aperçoivent papa, ils s'arrêtent tous de parler en même temps. Ils exagèrent un peu, je trouve…

— Hum… C'est juste mon père, vous savez !

— Lau, c'est pas juste ton père, c'est Patrick Michaud ! chuchote Éric.

J'éclate de rire et les invite à s'asseoir. Ils ont l'air si énervés que cela m'aide à me calmer un peu. Ils n'ont d'yeux que pour papa. Si mon numéro est mauvais, ils l'oublieront en quatre secondes et demie ! Ma mère leur offre un verre de limonade et du pop-corn, question de bien apprécier le spectacle.

Je m'assois à côté de Louis-Alexandre et ma mère me fait un clin d'œil. Elle m'énerve quand elle fait ça ! Elle se croit subtile ou quoi ? Heureusement, papa commence, ce qui détourne l'attention de maman. Il nous présente d'abord le personnage d'un chauffeur d'autobus qui raconte ses mésaventures avec les passagers et avec les autres automobilistes. Nous sommes tous tordus de rire ! Il enchaîne en comparant les animaux d'un zoo à différentes professions. Encore une fois, nous nous retenons pour ne pas nous rouler par terre. Puis, papa dit :

— Laurence, tu viens me rejoindre ?

Oh ! j'en avais presque oublié mon numéro ! Je me rends avec difficulté jusqu'à la scène artisanale. Une fois assise sur un tabouret à côté de mon père, je me fige quelques secondes, mais le courage me revient. Les premiers mots sortent tout seul, puis les autres s'enchaînent tout aussi facilement. Je me sens bien vite dans mon élément. De plus, les éclats de rire de mon public m'encouragent grandement. Je lance ma dernière blague, la petite foule est en délire. Mes amis se lèvent d'un bond pour m'applaudir. Je n'aurais finalement pas dû tant m'en faire !

Le spectacle maison est un succès ! Avant de partir, mes copains font signer des autographes par mon père. Louis-Alexandre me tend ensuite son carnet et son crayon pour que je signe aussi ! Je rougis de gêne tout en gribouillant mon nom sur le papier. Ce gars est si charmant, il sait toujours comment me faire sentir comme une princesse ! En quittant ma demeure, il me donne un bec sur le front au moment où mes parents ont le dos tourné. Je referme la porte derrière nos spectateurs du jour, les jambes molles.

Comme si je n'avais pas vécu assez d'émotions dans la journée, alors que nous replaçons la salle de séjour, mon père me demande :

— Laulau, je t'ai vraiment trouvée extraordinaire tout à l'heure. Qu'est-ce que tu dirais de participer à mon spectacle, quand ce n'est pas trop loin et les soirs où tu n'as pas d'école le lendemain ?

Mais quelle question !

Chapitre 17
La non-invitation

Le lundi matin, j'ai très hâte d'arriver à l'école pour annoncer à Louis-Alexandre que je participerai à certains spectacles de mon père ! En entrant dans la cour, la première personne que je croise est Maxime. Maxime ! Je viens tout juste de réaliser qu'il n'était pas chez moi samedi. Comment ai-je pu ne pas me rendre compte de son absence ? Il passe près de moi sans même me regarder. Je voudrais le saluer, mais je n'ose pas. Il a l'air fâché contre moi. Qu'est-ce que je lui ai fait ? Je ne comprends rien… Pour agir de façon intelligente, je devrais le rejoindre et lui demander ce qui lui arrive. Je le suis un moment des yeux, il va retrouver le reste de la gang : Marie-No, Sab, Léo, Éric et Louis-Alex. Je marche vers eux en tentant de préparer une réplique. Rien ne me vient. C'est si difficile de parler à quelqu'un qui est fâché contre soi sans qu'on connaisse la raison !

Je me joins au groupe et fais mine de rien. Max finira bien par me dire ce qui le chicote !

— Salut !

Tous me répondent en chœur, sauf Maxime. Je n'insiste pas. La cloche sonne sans que je puisse ajouter un mot. Ça attendra à la récréation...

Lorsque la cloche retentit de nouveau, je rejoins mes amis, malgré le regard noir que me lance Maxime. Non mais, pour qui il se prend ? Je ne lui ai rien fait. Je n'ai pas à me sentir coupable. Pourtant... Je reste silencieuse et écoute les autres se remémorer leurs souvenirs ensemble.

— C'est fou de penser que tout notre primaire sera bientôt fini ! fait d'abord Sabrina.

— C'est incroyable, oui ! Vous souvenez-vous la fois où on avait eu madame Régine comme suppléante en troisième année ? demande Léo.

Tous éclatent de rire. De mon côté, je souris comme une idiote sans comprendre ce que madame Régine avait de si drôle. Et ça ne s'arrête pas là...

— Ou la sortie à l'exposition sur les insectes !

Autre fou rire, autre sourire ridicule de ma part. Je me sens complètement rejetée. Je serais plus à l'aise à discuter de mes propres souvenirs de primaire, même si c'est pour être avec Lisa ! Mais je ne sais trop pourquoi, je reste avec mes amis jusqu'à la fin de la récréation.

Et les choses ne s'améliorent pas par la suite ! Maxime revient de l'heure du dîner avec une grande nouvelle : ses parents acceptent qu'il organise un gigantesque party pour fêter la fin d'année. Plein d'activités fantastiques sont prévues : volley-ball, baignade et plus encore, tout l'après-midi et toute la soirée ! Tous les élèves de sixième année sont invités. Tous ? Non, pas moi. Et je me doute très bien qu'il ne s'agit pas d'une erreur.

À la fin de la journée, je sors de l'école en même temps que Louis-Alexandre, qui me dit :

— Ça va être génial, le party chez Max, non ?

— Vous allez sûrement avoir du plaisir, oui !

— Pourquoi tu dis ça ?

— J'ai pas été invitée.

— Quoi ? Comment il a pu faire ça ! Je pensais que vous étiez amis depuis le lac Jaune !

— Moi aussi, j'en étais sûre…

— Si tu y vas pas, j'y vais pas non plus !

Dans un sens, je suis contente que mon amoureux réagisse ainsi, mais je serais triste de lui faire rater le party. Mais Louis-Alexandre ne prend pas la situation à la légère. Le soir, à mon insu, il appelle tous nos amis pour qu'ils refusent eux aussi l'invitation de Max. C'est ce que j'apprends le lendemain matin. Évidemment, Max est plus fâché contre moi que jamais. Notre gang est séparée toute la journée. D'un côté : Louis-Alex, Sabrina et Marie-Noëlle et de l'autre côté : Max, Léo et Éric. Et il y a moi, qui ne sais plus du tout où me mettre. Tout ceci me fait énormément de peine. La situation se détériore à vue d'œil. Cette gang qui était si proche hier, se rappelant de bons souvenirs, se crie maintenant des noms, de « gros porc » à « face de fesses »…

Tout ça, c'est ma faute, même si je ne sais pas pourquoi. C'est donc à moi que revient la tâche d'arranger les choses. Je vais rejoindre le clan ennemi, près de la clôture au fond de la cour. Ils refusent d'abord de m'adresser la parole.

— Max, ça a aucun sens tout ça. Il faut qu'on se parle !

— J'ai absolument rien à te dire, Laurence Michaud. Regarde ce que tu as fait. Tu nous as tous divisés ! T'es juste bonne pour mettre de la chicane partout où tu passes. Je comprends, maintenant, pourquoi tu as changé d'école et pourquoi Lisa et les autres veulent plus te voir !

— Mais… qu'est-ce que je t'ai fait ? Pourquoi tu as invité TOUS les élèves, même ceux à qui tu ne parles jamais, mais pas moi ?

— Réfléchis deux secondes, madame Michaud, la petite fille à son papa…

J'ai beau chercher dans ma tête, je ne saisis pas. Tout à coup, j'allume. Mais oui ! Si Max n'était pas présent au spectacle maison de papa, ce n'est pas parce qu'il était fâché contre moi, mais plutôt parce qu'il n'avait pas reçu l'invitation ! Tout s'éclaire enfin.

— Maxime, est-ce que tu regardes tes courriels souvent ?

— Tous les jours !

— Et tu n'as pas reçu un message de moi, pas samedi passé, mais l'autre d'avant ?

— Non madame !

— Et si je comprends bien, c'est pour ça que tu m'en veux ?

— Mets-toi à ma place, Laurence ! Tu invites tous mes amis à aller voir un show intime de MON humoriste préféré et tu m'en parles même pas ! Je pensais que nos petites chicanes étaient du passé...

— Mais c'est du passé, Max ! Demande à Louis-Alex, je te l'avais envoyée, l'invitation ! J'ai dû me tromper en transcrivant ton adresse de courriel et c'est un autre Maxime qui a eu mon mot...

J'ai un peu peur qu'il ne me croie pas. Au pire, je pourrais lui montrer mes messages envoyés dans les dernières semaines et il verrait tout de suite que je ne lui mens pas.

Mais ce ne sera pas nécessaire. Il me sourit timidement, une mimique que je ne l'ai jamais vu faire. Puis, il me dit :

— Il est chanceux, le Maxime qui a été invité…

J'éclate de rire et je lui tends la main, qu'il s'empresse de serrer. La hache de guerre est ainsi enterrée !

— Est-ce que je peux aller à ton party, maintenant ?

— À deux conditions : que tu convainques tes amies là-bas de venir aussi, sinon il manquera de jolies filles… et Louis-Alexandre.

— C'est d'accord. Et la deuxième condition ?

— Que tu me donnes des billets pour le vrai spectacle de Patrick Michaud.

— Je te dois bien ça !

Pendant que nous parlons, les autres se sont approchés, voyant que nous discutions avec le sourire. Ils entendent donc eux aussi lorsque j'ajoute à l'intention de Maxime :

— D'ailleurs, ce sera pas juste le show de mon père, mais un peu le mien aussi. Je vais faire un numéro avec lui !

Mes copains n'en reviennent pas. Ils s'exclament, me tapent dans le dos et Louis-Alex me serre dans ses bras. Ça fait du bien de voir tout le monde réuni et je dois aussi avouer que c'est génial d'être le centre d'attention et de ne pas être rejetée comme la veille !

Chapitre 18
À suivre..

Aucun malentendu ne vient brouiller l'amitié dans notre gang jusqu'au jour du party chez Maxime. Vers une heure de l'après-midi, quelqu'un cogne à ma porte. Comme je me doute bien que c'est Louis-Alexandre qui se cache de l'autre côté, j'accours pour atteindre l'entrée avant mes parents. Je ne m'étais pas trompée, mon chum se tient devant moi, plus beau que jamais dans son t-shirt vert au motif de dragon et ses pantalons cargo beiges. J'attrape mon sac à dos, que j'avais laissé là, je crie « À ce soir ! » à l'intention de papa et maman, puis je sors de la maison. Une fois à l'extérieur, Louis-Alex m'embrasse et, en galant jeune homme, prend mon sac pour le porter jusque chez Max. Nous marchons ensuite très lentement pour profiter de ce moment en tête à tête, main dans la main. Nous ne sommes pas souvent seuls tous les deux et ce sera encore pire durant les vacances, avec tous les camps d'été différents auxquels nous participerons, sa longue visite chez sa tante et mon interminable séjour au chalet. Ah! l'été sera sans fin! Heureusement qu'en septembre, nous irons à la même école secondaire! Et pour le moment, nous savourons chacune de ces secondes où nos mains s'enlacent.

Nous arrêtons notre marche pour nous asseoir un instant sur un banc de parc. Louis-Alex passe son bras autour de mes épaules et chuchote à mon oreille :

— Lau, il faut que je t'avoue quelque chose.

— Quoi?

— J'adore Lisa.

— QUOI?

Je sursaute et m'éloigne un peu de lui. Je ne peux pas croire ce que je viens d'entendre! Louis éclate de rire et ajoute :

— Je l'adore, parce que si elle t'avait pas fait la vie dure, tu n'aurais jamais changé d'école et on se serait pas rencontrés!

— Vu comme ça, je l'adore moi aussi!

Je pose ma tête sur son épaule et il dépose un baiser sur mon front. Je serais restée là toute la journée, mais nous avions aussi envie de nous rendre au party de Maxime! Nous nous levons donc et nous remettons en route.

Maxime habite à seulement dix minutes de chez moi, pourtant nous arrivons une bonne vingtaine de minutes plus tard. Nous sommes les derniers à entrer dans la cour de notre ami, qui grouille de monde. Une table avec des jus et des grignotines a été installée dans un coin. Quelques gars se baignent dans la piscine et arrosent trois filles qui les regardent en riant. En nous voyant, Max vient à notre rencontre.

— Vous arrivez juste à temps, on allait commencer un match d'impro!

Je n'ai jamais fait d'improvisation, mais j'ai assisté à quelques parties dans lesquelles papa jouait. Comme les équipes sont déjà formées d'un nombre égal de joueurs, Louis-Alexandre et moi sommes séparés. Mais je suis bien contente de me retrouver avec Sabrina, Marie-Noëlle et Éric. Le père de Maxime arbitre la joute, tandis que sa mère, sa sœur et cinq autres personnes de notre classe jugent nos prouesses. Monsieur Lavallée lit le premier thème :

— Cette improvisation est mixte, elle s'intitule « Mystère dans ma chaloupe », elle est de catégorie libre et d'une durée de deux minutes.

Le coup de sifflet se fait entendre, nous nous plaçons en position de caucus. Nous hésitons tous à nous lancer. Nous prenons tellement de temps à choisir qui ira jouer cette improvisation que nous n'avons imaginé aucune idée de départ. Je décide de me jeter dans la gueule du loup. Quelle joie de constater que Louis-Alexandre sera mon adversaire ! Je me sens soudain rassurée. Nous nous assoyons côte à côte, comme si nous nous trouvions dans une chaloupe. Nous inventons alors l'histoire rocambolesque de deux pêcheurs qui attrapent une botte d'extraterrestre. Le public rit de bon cœur et nous nous amusons comme des fous, surtout au moment où Léo se joint à nous pour incarner un martien... Vraiment, deux minutes, c'est beaucoup trop rapide !

Mon amoureux et moi nous retrouvons aussi face à face plus tard dans le match pour une improvisation chantée qui se termine par une ovation debout ! Notre performance nous donne droit à la première étoile de la partie, ex æquo. Mon équipe a perdu, mais notre déception est de bien courte durée… En effet, notre sourire revient à la seconde où madame Lavallée approche avec à la main un énorme bol rempli de crème glacée au chocolat maison ! C'est le party du siècle !

Après un match de volley-ball, suivi d'une baignade pour nous rafraîchir et d'un souper aux hot-dogs engloutis en deux temps trois mouvements, la majorité de nos amis sont partis. Autour du feu de camp allumé par monsieur Lavallée ne reste que Léo, Éric, Sabrina, Marie-Noëlle, Louis-Alexandre et moi. Peut-être mes camarades ont-ils compris que je me sentais exclue lorsqu'ils se remémoraient leurs souvenirs des années précédentes, puisqu'ils ne parlent que de cette année. Puis, nous pensons au futur.

— Vous êtes nerveux, vous autres, pour le secondaire ? demande Marie-Noëlle.

— Pas du tout ! fait Maxime.

Je ne suis pas certaine de le croire…

— Moi, ce que je trouve le pire, c'est que je ne vais pas à la même école que tout le monde. Je serai avec des filles seulement ! Est-ce que je vais réussir à me faire d'aussi bons amis que vous ?

— C'est sûr, Marie-No, tu es tellement géniale ! la rassure Éric entre deux bouchées de guimauve.

Son commentaire fait rougir Marie-Noëlle jusqu'à la racine des cheveux.

— Tout va être tellement différent ! s'exclame Louis-Alexandre.

Oui, tout sera très différent, mais quelque chose me dit que nous serons amis encore longtemps !

À suivre...

Titres de la collection

1 Biblio Romance
Amour, trapèze et jonglerie
ISBN 978-2-89595-413-2
ÉMILIE RIVARD

2 Biblio Romance
Tendre baiser sous les projecteurs
ISBN 978-2-89595-414-9
ÉMILIE RIVARD

3 Biblio Romance
Deux vrilles et... un amoureux !
ISBN 978-2-89595-415-6
ÉMILIE RIVARD

4 Biblio Romance
Une mystérieuse amoureuse
ISBN 978-2-89595-459-0
ÉMILIE RIVARD